Modern-Bibliothèque

MAURICE BARRÈS

DE L'ACADÉMIE FRANÇAISE

AU SERVICE DE L'ALLEMAGNE

Arthème FAYARD et Cie, Éditeurs

AU
SERVICE DE L'ALLEMAGNE

MAURICE BARRÈS

DE L'ACADÉMIE FRANÇAISE

LES BASTIONS DE L'EST

AU
SERVICE DE L'ALLEMAGNE

Illustrations d'après les aquarelles en noir et en couleurs

DE

GEORGES CONRAD

PARIS

MODERN-BIBLIOTHÈQUE

ARTHÈME FAYARD et Cⁱᵉ, ÉDITEURS

18-20, RUE DU SAINT-GOTHARD, 18-20

Une jolie et intelligente figure
du pays messin; beaucoup de
douceur, très peu de menton et
la voix grave.

— Savez-vous l'allemand? lui
dis-je.

— Pas beaucoup.

— Ne le parlez-vous pas ?

— *Des fois.*

Comme je l'aime ce « des
fois » si lorrain ! Comme il
m'attendrit, ce sage enfant perdu
sous le flot allemand, petite main
qui dépasse encore quand notre
patrie commune s'engloutit.

Pour bien entendre ce livre, il faut savoir qu'il est un commencement et un épisode.

Un épisode détaché d'une œuvre à laquelle je me préparais alors même que j'ignorais devoir, un jour, l'entreprendre.

Ce n'est point à dire que ce livre soit un fragment. Il contient, comme on le verra, toute l'aventure du jeune bourgeois alsacien à la caserne allemande. Mais ce grand drame moral n'est lui-même qu'une scène dans la longue tragédie qui se joue sur le Rhin entre le Romanisme et la Germanie.
Au Service de l'Allemagne *représente un moment dans la vie éternelle de nos* Bastions de l'Est.

Les populations d'Outre-Rhin ont envahi vingt-huit fois la France; un homme vit assez pour assister à quelques engagements, mais quelle qu'en soit l'issue, il ne peut rien préjuger quant au résultat d'une guerre dont l'origine appartient à la préhistoire.
Cette querelle pour la possession du Rhin ressemble assez à la lutte entre le soleil et la pluie qui se perpétue d'alternative en alternative.
Il peut arriver, par telles ou telles vicissitudes de la politique, que des maîtres d'un sang étranger nous soumettent, mais il ne dépend point des vainqueurs que le sang du vaincu soit modifié.
La suite des épisodes que j'ai déjà ébauchés et que je publierai successivement, fera voir la constance du caractère de nos marches sous les changements de physionomie que leur impose la fortune des siècles.

Ceci dit, on comprendra pourquoi nous avons
donné tant de développements aux chapitres sur
la montagne de Sainte-Odile. J'aurais pu les intitu-
ler ouverture, si ce titre n'avait risqué de paraître
prétentieux. Ils président à toute la suite de ces
petits volumes dont ils résument par avance l'esprit.

Je crois de moins en moins à l'efficacité des ex-
plications didactiques. Quand un logicien qui a du
talent nous oblige à l'écouter, il nous convainc de
sa supériorité plutôt qu'il ne nous persuade. Il faut
mettre dans les esprits des germes, des faits si forts
qu'ils grandissent d'eux-mêmes, après que nous
nous sommes tus. Si l'on veut sentir ce qu'il y a de
réel dans l'idée de patrie, de quelle manière notre
nation française s'est constituée et comment elle
pourrait périr, quels services elle rend à chacun de
nous et jusqu'à quel point sa diminution diminue
le plus modeste citoyen, qu'on jette les yeux sur
cet ouvrage.
Je n'y parle de rien que je ne connaisse.
J'aurais pu donner çà et là, dans mon récit, un
coup de pouce pour produire de l'effet; je respectais
trop mon sujet pour chercher rien d'autre que la
justesse du sentiment et du mot.

Si les Allemands me font l'honneur de me lire,
ils sont prévenus que l'auteur, étant un Lorrain
français, juge nécessairement toutes choses par
rapport à la Lorraine et à la France.
Aux frontières de l'Est, ma petite nation, à travers les siècles, a joué un rôle principal dans cet
antagonisme de races où je suis à mon tour un modeste combattant. J'écrivais, il y a quelques années :
« Ce sera l'honneur de ma carrière d'écrivain si je
puis, un jour, apporter plus de lumière sur les magnifiques luttes rhénanes, luttes entre les intelli-
gences et dans chaque intelligence. »

Charmes-sur-Moselle

1

Un pays " weiche " submergé

J'ai passé le mois de septembre 1902 chez un ami d'enfance, le comte d'Aoury, dans la Lorraine annexée. C'est sur le triste étang de Lindre, auprès du promontoire boueux où les masures de Tarquimpol survivent à la ville romaine de Decem Pagi.

Bien que je sois averti sur un grand nombre de pays fameux, nul ne m'attire davantage que cette région des étangs lorrains. De deux manières, par son délaissement et par sa délicatesse épurée, elle exerce sur mon esprit une véritable fascination.

Ce qui frappe d'abord sur notre plateau de Lorraine, ce sont les plissements du terrain : ils se développent sans heurts et s'étendent largement. De grands espaces agricoles, presque toujours des herbages, ondulent sans un arbre, puis, çà et là, sur le renflement d'une douce courbe surgit un petit bois carré de chênes, ou quelque mince bouquet de bouleaux. Dans les dépressions,

l'herbe partout scintille, à cause de l'eau secrète, et l'on voit des groupes de saules argentés. Nulle abondance, mais quel goût !

La vertu de ce paysage, c'est qu'on n'en peut imaginer qui soit plus désencombré. Les mouvements du terrain, qui ne se brisent jamais, mènent nos sentiments là-bas au loin, par delà l'horizon ; ces étendues uniformes d'herbages apaisent, endorment nos irritations ; les arbres clairsemés sur le bas ciel bleu semblent des mots de sympathie qui coupent un demi-sommeil, et les routes absolument droites, dont les grands peupliers courent à travers le plateau, y mettent une légère solennité. Nul pays ne se prête davantage à une certaine méditation, triste et douce, au repliement sur soi-même. C'est grêle, peut-être, c'est en tout cas d'une élégance morale et d'une précision sensibles à celui qui se choque des gros effets et de l'à peu près.

Mais pourquoi cette atmosphère de dé

sastre qui enveloppe la terre lorraine ? Les arbres y sont penchés, courbés depuis leur naissance par un vent qui diminue la végétation. On se croirait sur de hauts plateaux, à six cents mètres au moins. Pour résister à ce continuel balayement, les fermes, les chaumières ont été construites basses, écrasées. C'est un consentement de tous les objets à la mélancolie.

féminine ne passe, en douceur et en perfection de goût, ces lisières où il y a toutes les variétés de l'or automnal avec des courbes de branches infiniment émouvantes.

Quand le soleil s'abaisse sur ces déserts d'eaux et de bois, d'où monte une légère odeur de décomposition, je pense avec piété qu'aucun pays ne peut offrir de telles réserves de richesses sentimentales non exprimées.

NUL PAYS NE M'ATTIRE DAVANTAGE QUE CETTE RÉGION DES ÉTANGS LORRAINS.

Dans cette région, les étangs sont nombreux ; on les vide, les pêche et les met en culture toutes les trois années. Il y en a cinq grands et beaucoup de petits. Leur atmosphère humide ajoute encore une sensation à cette harmonie générale de silence et d'humilité. Leur cuvette n'est point profonde ; çà et là, jusque dans le centre de leur miroir, des roseaux et des joncs émergent, qui forment de bas rideaux ou des îlots de verdure. Sur leurs rives peu nettes et mâchées, l'eau affleure des bois de chênes et de hêtres. Et nulle chesnaie, nulle hêtraie, je dirai mieux — tant est frappante la grâce de ces solitudes — nulle société

Il y a dans ce paysage une sorte de beauté morale, une vertu sans expansion. C'est triste et fort comme le héros malheureux qu'a célébré Vauvenargues. Et les grandes fumées industrielles de Dieuze, qui glissent, au-dessus des arbres d'automne, sur un ciel bas d'un bleu pâle, ne gâtent rien, car on dirait d'une traînée de désespoir sur une conception romanesque de la vie.

La pensée historique qui se dégage de ce plateau lorrain s'accorde à cette poésie. Ici, deux civilisations, l'allemande et la française, prennent contact et rivalisent ; les deux génies, germanique et latin, se disputent pied à pied la possession des territoires et des âmes. Par une chance à la fois détestable et bienheureuse, je vis ma courte vie lorraine précisément dans une période où la bataille, sur ce point géographique, est de plus grande conséquence qu'elle ne fut depuis quatorze siècles. Le sort, en me fai-

cée au bénéfice de l'Allemagne. D'antiques territoires welches commencent à parler allemand, sous les dures mesures administratives des vainqueurs. Les étangs de Lorraine, qui firent avec leurs fosses peu profondes et leurs frêles roseaux un obstacle de quatorze siècles à la langue allemande, voient aujourd'hui des enfants, préparés par l'antique cul-

LA VERTU DE CE PAYSAGE, C'EST QU'ON N'EN PEUT IMAGINER DE PLUS DÉSENCOMBRÉ.

sant naître sur la pointe demeurée française de ce noble plateau, m'a prédisposé à comprendre, non seulement avec mon intelligence, mais d'une manière sensible, avec une sorte de volupté triste, le travail séculaire qui pétrit et repétrit sans trêve ma patrie !

Dans cet automne je suivais, instruit par le savant M. Pfister, la frontière linguistique. J'ai dû constater qu'elle s'était dépla-

ture de Metz, qui baragouinent les mots insensés de la Germanie, oui, des mots dénués de sens profond pour des Welches.

Ces populations welches qui, à travers les siècles, sans discontinuité, avaient parlé latin et puis français, ne peuvent pas supporter les contraintes de l'annexion. Elles sont parties en masse, dès 1871 et, chaque année, continuent à s'expatrier. Ce vieux pays celtique et romain se vide de la France. Ce n'est pas assez dire : sur de longs espaces il devient un désert. Les Al-

Nous visitions souvent l'antique petite Marsal qui fut bombardée en 1870.

lemands, qui se pressent en Alsace, hésitent à s'installer dans cette Lorraine où ils se sentent étrangers et perdus. De nombreux villages sont tombés de six cents habitants à trois cents. Et tandis que les industriels amènent des milliers d'ouvriers italiens, voici que les fermiers embauchent des équipes de Polonais (1).

J'ai pu le bien voir, ce grave dépérissement de la Lorraine annexée, parce que le beau-frère de mon hôte, un jeune homme de vingt-cinq ans, grand chauffeur, avait l'obligeance de me promener sur toutes les routes.

A deux lieues de Dieuze, du côté de la France, nous visitions souvent l'antique petite Marsal, qui fut bombardée en 1870.

Rien de plus douloureux au milieu de l'immense plaine que ses murailles à la Vauban, déclassées, mais intactes, et auxquelles

(1) Voir les notes à la fin du volume.

le temps n'a point donné le pittoresque, l'apaisement par le pittoresque qu'il y a par exemple dans une ruine féodale. On n'a pas pris souci de rien démolir ni combler ; le gouvernement a vendu l'ensemble des fortifications, moyennant trente mille marks, à la ville, qui les loue comme elle peut pour des jardins et des pâtures. Des poules y courent, un corbeau croasse à deux pas.

De onze cents habitants qu'elle comptait avant la guerre (et dans ce chiffre n'entrait point la garnison), Marsal est tombée à six cents. L'hôtelier avec qui je cause et qui s'est installé dans la « maison du commandant de place, » vient d'acheter pour trois mille marks le « fort d'Orléans, » un énorme corps de bâtiment avec seize hectares dont deux d'étangs. On ne bâtit plus à Marsal, et qu'une maison brûle, on ne la relève pas. De-ci de-là, le long des rues, je vois des ruines recouvertes d'orties. Mais ce qui serre le plus le cœur. c'est peut-être de reconnaître toutes les formes de l'ancienne petite vie française. N'est-ce pas ici la Place d'Armes, avec les débris du carré de tilleuls où, le dimanche, la musique militaire rassemblait la population? J'arrête un petit garçon. Une jolie et intelligente figure du pays messin; beaucoup de douceur, très peu de menton et la voix grave.

— Savez-vous l'allemand? lui dis-je.

— Pas beaucoup.

— Ne le parlez-vous pas?

— *Des fois.*

Comme je l'aime ce « des fois » si lorrain! Comme il m'attendrit, ce sage enfant perdu sous le flot allemand, petite main qui dépasse encore quand notre patrie commune s'engloutit.

et graves, avec leurs proportions élégantes et naturelles, qu'on les compare aux abominables et coûteuses casernes qui, non loin de là, dominent Dieuze : il apparaît jusqu'à l'évidence que chez l'Allemand la culture des sens demeure encore barbare.

A Marsal, rien ne parle que de la France : une autre ville dans notre voisinage me fournissait des sensations plus lorraines. Je veux parler de Fénétrange, aujourd'hui Finstingen.

La sèche Marsal, jadis poste romain et hier poste français, peut être dite une guérite militaire. Elle n'eut jamais d'autre vie que celle des veilleurs étrangers. Mais Fénétrange est vraiment une plante de notre sol. Son activité fut tout indigène. Jusqu'en 1791, elle était le chef-

Tout me crie que la raison *deutsche,* en travaillant à détruire ici l'œuvre *welche,* diminue la civilisation. Et par exemple les édifices militaires français du XVIIIᵉ siècle, tels qu'on les voit à Marsal, avec leurs façades blanches

ON NE BATIT PLUS A MARSAL, ET QU'UNE MAISON BRULE, ON NE LA RELÈVE PAS.

lieu d'une seigneurie passablement importante. Aujourd'hui encore, assez allègre et forte dans sa déchéance, elle semble un bon arbre dru, dont les racines, à chaque saison,

descellent davantage une vieille pierre tombale écussonnée.

Quand on arrive par la route de Phalsbourg, soudain, -— au milieu des prairies, des saules et des sureaux où la Sarre serpente, — la dure, la guerrière, l'étrange Fénétrange se dresse comme une tour. Elle garde la discipline de son antique fossé disparu, et, sur les bords sinueux mais très nets du rond qu'elle forme dans ces beaux herbages, on distingue encore çà et là, domestiquées pour d'humbles usages, les guérites de sa muraille. Le château, bien qu'en pourriture, écrase de sa haute masse tout le pâté confus des maisons ; ses fenêtres sont à demi bouchées de briques ignobles, mais leur style Renaissance intéresse ; ses murs sont lépreux, ils gardent du moins de beaux mouvements et se renflent comme des poitrines ou des boucliers.

J'aime que morte, cette seigneurie tienne encore debout. Mais je goûte en vacance la volupté de m'attendrir, et si je flâne par un froid matin d'automne, — à

l'heure où les mar-
teaux retentissent
sur les cuves de
vendange pour as-
surer les douves et
que les chiens
aboient leur allé-
gresse de partir
pour la chasse, —
je m'enchante
surtout que cette
petite ville avoue
la faiblesse des
forces dont jadis
elle fut si vaine.
Au Nord-Ouest,
les fortifications
de Fénétrange
n'ont été touchées
que par le temps ;
sous le ciment qu'il
a détaché, appa-
raissent de miséra-
bles pierrailles, et
l'on s'assure qu'un
boulet n'eût fait
du tout qu'une
poussière.

Cette ville,
dans son rempart
ruineux, c'est une
petite vieille qui
garde trop long-
temps une robe de
dentelles souillées
et déchirées. Les
toitures à hauts
pignons de ses
tours sont couver-
tes de tuiles plates,
d'un brun rouge
noirci par la

mousse ; en s'affaissant inégalement, elles

La chapelle des sires de Fénétrange est devenue l'étable des porcs.

ont formé les bombements les plus délicats, et Fénétrange semble porter au col ces ruches que les femmes tuyautent avec des fers chauds.

J'ai essayé de reconnaître le château : sa cour intérieure de belle proportion est déshonorée par le fumier, et six familles y étalent leur malpropreté. L'élégante chapelle des sires de Fénétrange est devenue l'étable des porcs, et l'agitation de ceux-ci empêcha que je lusse l'épitaphe de ceux-là.

C'est quand il flotte au ciel des lambeaux de nuages violets qu'il fait bon visiter Fénétrange. Cette atmosphère de deuil est fréquente sur cette région de la Sarre, voisine des landes incultes et des pauvres forêts que l'on nomme la Sibérie alsacienne.

Mes hôtes allaient souvent chasser, fort loin de Lindre-Basse, aux environs de Nieder-Stinzel. Je les accompagnais à cause des vestiges qu'on y voit du château de Géroldseck. Ses pauvres pierres n'ont plus de forme ni d'histoire, mais, par la manière dont les encadre un paysage silencieux et triste, elles hyperesthésient en moi cette rêverie sur l'histoire, cette musique de vie et de mort, cette vue nette de l'écoulement des siècles et de leur dépendance, qui deviennent toute mon âme sitôt que je pénètre en Lorraine.

La ruine repose solitaire sur un tapis de verdure, au centre d'une large cuvette, dont les pentes douces portent des vignes et des bois. Les fossés qu'elle a remplis de ses décombres ne font plus qu'une légère dépression circulaire, où l'on voit briller l'eau comme dans les ornières d'un char. A quelques mètres, l'étroite Sarre coule à pleins bords, au ras de la prairie.

Jamais je ne vins à Géroldseck qu'il n'y eût dans le ciel une traînée de pluie. Les chasseurs partis, je demeurais indéfiniment à écouter cette vaincue, qui peut paraître sans voix et sans mémoire. On ne sait rien de notable sur cette ruine de frontière. Je l'aime comme une belle insensée, comme tels vers insensés qui n'ont pour eux que leur rythme.

> Je suis le ténébreux, le veuf, l'inconsolé
> Le prince d'Aquitaine à la tour abolie...

Dans ce décor, je me répète que Chopin naquit d'un Lorrain et d'une Polonaise, Hugo d'un Lorrain et d'une Bretonne, Claude Gellée d'une longue suite lorraine. On nous croit l'âme glacée, moqueuse. C'est qu'on nous juge sur la discrétion de notre cœur. Mais un écrivain, un peintre, un musicien, les plus chargés de poésie qu'il y ait en France, vivent de nos manières de sentir. Nos deux princesses malheureuses, Marie Stuart et Marie-Antoinette, passent en fier romanesque toutes les héroïnes, et ne cèdent, elles-mêmes, qu'à la sainte gloire de Jeanne. — Ainsi notre orgueil se satisfait silencieusement à constater que notre eau souterraine alimente les plus fameuses nappes de la vie héroïque.

Hélas! quel malheur, si le flot barbare vient gâter notre mélange gallo-romain, et si le juste dosage que l'infiltration germanique avait respecté, maintenu pendant quatorze siècles, doit être vilement chargé de barbarie!

Quand je pense à la tour de Géroldseck, à Fénétrange, à Marsal, à Phalsbourg, — petites villes rondes, cernées dans leurs remparts, qui ne sont guère plus hauts que la margelle d'un puits, — je les vois vraiment, ces forteresses lorraines, comme des puits qui plongent dans le passé. Si loin que j'aille puiser, que ce soit dans la pure cité gallo-romaine ou dans le château féodal, dans la forteresse de Vauban ou dans la citadelle française du XIXe siècle, je trouve le goût latin mêlé d'une proportion infime d'allemand. Or, voici qu'on veut empoisonner, combler ces antiques sources de ma race.

II

Légitimité de la fameuse
méfiance lorraine

J'étais venu à Lindre-Basse sans un projet précis
d'études. Mais après deux semaines que je me prêtais
aux mortelles tristesses du paysage, je fus nécessairement conduit à observer la guerre que la France et
l'Allemagne, la tradition latine et la tradition
germanique, se livrent éternellement dans cette « marche ». Depuis la maison de mes hôtes, je voyais le
flot d'outre-Rhin tout envahir et tout ruiner. Pour me
soustraire à cette dépression française générale et pour
sortir du vague, j'entrepris de rassembler des petits faits
significatifs.

Au début de l'année 1900, le gouvernement impérial a
substitué au code civil français, qui régissait depuis un
siècle l'Alsace-Lorraine (et aussi les pays allemands sur la
rive gauche du Rhin), un ensemble de dispositions communes
désormais à toute l'Allemagne. Je me proposai de rechercher si cette
nouveauté (qui est à peu de chose près le code prussien) modifierait
sensiblement les mœurs, l'orientation, « l'âme » enfin, des pays annexés.
Mes hôtes me servirent de peu. Aoury aimait le climat, les grandes plaines et la

population si fine et raisonnable de sa Lorraine natale, où son esprit réaliste et dégoûté de toute emphase s'accordait, mais la mesure des passeports, pendant une longue suite d'années, l'avait tenu dehors. C'était seulement le second automne qu'il revenait à Lindre-Basse. Il ne connaissait plus l'état des choses, et d'ailleurs il songeait moins à observer qu'à ne pas se faire remarquer. Il ignorait plus qu'on ne saurait croire la langue et les principes des vainqueurs. — Disons-le en passant, cette ignorance commune à tous les Lorrains est l'une des causes qui font leur sujétion plus complète que celle des Alsaciens. Les annexés du pays messin se croient, bien plus encore que ce n'est exact, livrés au bon plaisir des Allemands. Ils ne savent pas comment résister sur le terrain légal. En outre, ils éprouvent une répugnance presque exagérée pour tout ce qui leur semble de la bravacherie. — A Lindre-Basse on se donnait pour première loi de vivre en bons termes avec le Kreis-Director. On n'y trouvait point de difficulté : les administrateurs allemands, par tempérament, sympathisent avec les « classes élevées » et par système, ils se proposent de les gagner à la germanisation. Parfois il fallait loger au château et recevoir à table des officiers en manœuvres. On admirait leur formation aristocratique, en même temps qu'on raillait leur manque général de goût.

A Lindre-Basse, comme dans toute cette Lorraine welche, on vivait exactement la vie provinciale française, qui reçoit de Paris sa principale animation. Mme d'Aoury, bien que née Provençale, était la plus vivante et la plus gracieuse des Parisiennes de vingt-cinq ans. Elle possédait, tout juste pour s'en parer devant les Français qui venaient chasser à Lindre-Basse, le petit vocabulaire

sentimental que certains romans nous fournissent sur les pays annexés. Quant à son mari, qui n'aimait pas la République, il se plaisait à relever devant ses hôtes ce qu'il y a dans l'esprit aristocratique allemand qui favorise les intérêts d'un propriétaire terrien. Ce n'était point qu'il se ralliât le moins du monde à la civilisation germanique, mais, bien au contraire, il était si prisonnier des formules françaises qu'en Alsace-Lorraine, il continuait son personnage de Français d'opposition : il y cherchait, sans plus, des arguments contre notre démocratie.

La remarque pouvait être juste. En effet, le génie démocratique français tend comme à un idéal à l'égalité de fait entre les citoyens. Le code napoléonien poursuit la division à l'infini des propriétés, déracine moralement et matériellement nos fils, nous limite à une œuvre viagère et supprime les familles chefs ou, si vous voulez, les influences indigènes. — Au contraire, l'art social, selon les Allemands, c'est de fonder, de maintenir et de perpétuer des domaines où puissent se former des « autorités sociales ».

Toutefois, ces lieux communs devaient être serrés de plus près. Il fallait voir si cet esprit antidémocratique est saisissable dans les articles mêmes du code allemand. Pour me renseigner à ce sujet avec méthode, je me fis introduire chez les notaires de la région.

Je constatai que les nouveaux maîtres tendent à créer en Alsace, — à défaut de nobles qui possèdent des privilèges précis, — des notables qui jouissent d'une influence supérieure grâce aux avantages de la fortune. Pour y parvenir, leur code fortifie la famille et la propriété terrienne. Tandis que la France ne permet que des buts viagers, l'Allemagne cherche à allonger vers l'avenir

les pensées fortes de ses citoyens. Elle favo
rise la reconstitution de la grande propriété
en organisant les échanges de parcelles entre
propriétaires ; elle écoute et respecte, par
delà la tombe, la volonté des morts ; elle leur
maintient ainsi une puissante activité pos-
hume.

Un Alsacien-Lorrain ne meurt plus,
comme il fût mort sous la loi française, en
sachant que l'œuvre de sa vie va être dé-
truite. Ni l'individu ni la société n'y trouve-
raient leur compte. A défaut de la liberté
absolue de tester, il trouve dans le nouveau
code tout un système de libertés. Tandis que
la loi française oppose mille difficultés aux
fondations d'intérêt public et interdit les
fondations d'intérêt privé, en Alsace-Lorraine, désormais, toutes les combinaisons
d'ordre privé ou public sont possibles. Sans
doute, le Statthalter annulerait une fonda-
tion qui distribuerait des primes aux jeunes
Alsaciens rejoignant l'armée française. Mais
un Alsacien-Lorrain peut prendre telles dispositions qu'il lui plaira pour assurer des
dots à ses filles, à ses petites-filles et à toute
leur suite, pour favoriser ceux de ses descendants mâles qui choisiront une carrière
déterminée, pour maintenir son industrie ou
sa propriété, pour subventionner telles études
ou tels plaisirs qu'il désigne. Il constitue un
bien en argent ou en immeubles, il prend des
arrangements qui rendent l'aliénation impossible, il nomme un conseil d'administration, et voilà que, mort, il agira encore,
plaira, déplaira, interviendra, fécondera la
vie.

Une autre liberté que donne le nouveau
code, c'est que par-dessus la tête de ses
enfants, l'Alsacien-Lorrain peut instituer héritiers ses petits-enfants, grevés à leur tour
de substitutions fidéi-commissaires au profit
de leurs propres enfants ; on assure ainsi la
permanence de sa propriété familiale pen-

En Alsace.

dant trois générations ; puis un arrière-petit-fils, si sa raison le lui conseille, prendra des mesures pour renouveler la substitution. (L'héritier ainsi grevé est propriétaire de la succession, il en jouit ; ses droits et ses obligations sont restreints seulement dans la mesure nécessaire pour assurer les intérêts du substitué. En somme, c'est une position analogue à celle de l'usufruitier.) (2).

J'avoue que ces faits m'emplissent d'enthousiasme. Ce sont les moyens d'un magnifique drame, les manœuvres les plus récentes et les plus savantes de la grande bataille germano-latine. Après les généraux, voici les juristes en présence, et vraiment, les cartouches de dynamite les plus adroitement placées sont moins redoutables que ces ternes articles du code, pour faire sauter la vieille et solide construction française en Alsace.

Le frère de Mme d'Aoury, M. Pierre Le Sourd, me conduisait lui-même dans son automobile. A voir comme il menait vite, n'admettant pas que les voituriers ou les troupeaux le retardassent d'une seconde, on eût cru que ce jeune homme de vingt-huit ans courait à un plaisir. En réalité, les séances chez les tabellions l'ennuyaient. Je pourrais dire qu'elles l'irritaient. Et sur mon éternelle question : « Pensez-vous, monsieur le notaire, que votre nouveau code puisse entraîner une modification dans les mœurs ?... » il ne manquait jamais de couper au court avec un air et sur un ton de chef :

— Laissez donc tout cela, mes chers messieurs. La question, c'est simplement de savoir si vos gars sont disposés à prendre leurs fusils de chasse ou même leurs fourches quand arrivera le coup de chien.

La première fois, il me fit plaisir, car j'aime que les personnes irréfléchies aient du moins un naturel généreux ; mais, à la longue, il m'excéda. J'avais déjà tant de mal à desserrer un peu la bouche de mes notaires, triplement cadenassés par la discrétion de leur charge, par la méfiance de leur race, et par leur prudence de vaincus ! Je fus enchanté quand ce sympathique et insupportable casse-cou refusa de passer les portes où il continuait pourtant de me conduire.

Si je suis reconnaissant à mon compagnon de m'avoir montré le pays à toutes les heures de l'automne et jusque dans les petites villes les plus délaissées, je lui ai plus d'obligation encore pour une scène où il fut absurde, mais qui m'a fait toucher la légitimité de la fameuse méfiance lorraine. Grâce à Pierre Le Sourd, je sais, ce qui s'appelle savoir, que, sur notre pays de marche continuellement écrasé, ce soi-disant défaut est la condition même de notre existence.

Un soir, j'étais à Marsal. Après avoir longuement causé avec le notaire, je regagnai l'auberge. Le Sourd fumait des cigarettes, debout, contre le poêle ; dans un coin, un jeune homme, penché sur une table, auprès de sa bicyclette, étudiait une carte. Je demandai à cet étranger quelques renseignements, non point que j'en eusse besoin, mais c'est pour moi, j'avoue cette puérilité, un plaisir triste et voluptueux, une poésie d'entendre le doux accent messin. Malheureusement, mon homme était Alsacien. Le Sourd nous interrompit pour savoir si j'avais fait « une bonne récolte ». (Mon Dieu ! comment l'admiration de quelques gardes-chasse peut-elle donner aux jeunes nobles une si sûre confiance en eux-mêmes ?) Je lui répondis que je venais de me documenter sur la situation des femmes :

— Les races du Nord, ajoutai-je, n'ont pas au même degré que nous l'idée de la supériorité du mâle ; aussi je ne m'étonne point si le nouveau code allemand a tâché de favoriser les femmes ; mais le curieux, c'est

LES JEUNES FILLES QUITTENT TOUTES LE PAYS ET VONT CHERCHER DES PLACES EN FRANCE.

qu'au dire du notaire que je quitte, il aboutit involontairement à les desservir.

Vous causiez de femmes ! Eh bien ! votre tabellion vous a-t-il dit que les Prussiens les font fuir ? J'ai battu toute la ville sans rien voir que de vieux.

— Vous avez raison, observa le jeune Alsacien, les jeunes filles d'ici, qui sont d'ailleurs d'un type très sympathique, quittent toutes le pays ; elles vont chercher des places en France. Le plus souvent, elles commencent par Nancy, d'où elles gagnent Paris.

J'ai remarqué cent fois que Le Sourd ne peut pas supporter qu'on lui explique quoi que ce soit. Il porte partout une vanité de sportsman. Sur toutes choses, il prétend régler, protéger et trancher. — C'est une disposition, d'ailleurs, que l'on peut utiliser pour se faire servir par lui. — Entre deux bouffées de cigarette, il décida que les jeunes filles lorraines avaient raison de partir.

— Grosse question, dit l'Alsacien, car beaucoup d'entre elles glissent nécessairement dans la prostitution.

J'approuvai cette réplique et, sur de vagues indices, jugeai que c'était l'heure de rompre les chiens. Je sortis une seconde pour avertir le chauffeur d'allumer ses phares. Quand je revins, Le Sourd déclarait qu'il vaut mieux être une bonne fille à Paris que de faire des enfants prussiens en Alsace-Lorraine. Et comme nous protestions, il nous punit en élargissant encore sa pensée.

— J'estime plus, quoi qu'il advienne d'eux par la suite, les pauvres b... qui passent la frontière que les renégats qui, par peur de la Légion étrangère, portent le casque à pointe.

Le jeune inconnu se leva. Avec une émotion fort touchante et sans geste ridicule, il dit :

— Je suis un bon Alsacien. Dans huit jours, j'entre à la caserne à Strasbourg. Monsieur, je dois vous demander de retirer les mots de *renégat* et de *peur* que vous venez d'employer.

J'en avais le cœur serré. Moi, dans un cas identique, je ferais toutes les excuses, car je verrais, à la seconde, la bataille de Vœrth, le siège de Strasbourg, la séance du 3 mars de l'Assemblée de Bordeaux, les trente années d'atermoiement de la France... Les Français ne se sont pas conduits d'une telle manière qu'il leur soit permis de faire un seul reproche à ceux que, pour se dégager, ils ont sacrifiés en 1871... Mais Le Sourd n'avait pas d'imagination. Quand nous touchions à un magnifique cas de conscience, et dans un problème où toute une nation était intéressée, il ne pensa qu'à sa personne.

— Sachez, dit-il. que sur aucune sommation je n'ai coutume de retirer mes paroles. Ce qui est dit est dit.

Une telle réponse prouve qu'il est plus aisé de connaître les formules de l'honneur que de connaître où est l'honneur.

Aucun des deux jeunes gens n'avait de cartes, ils inscrivirent leurs noms sur des enveloppes qu'ils échangèrent. Et l'Alsacien, par une sorte d'hommage à la supériorité française, en remettant son papier à Le Sourd, me demanda :

— Est-ce bien ainsi, monsieur ?

Ah ! je vous prie de croire que dans l'automobile, je ne me privai point d'éclairer mon absurde compagnon sur les inconvénients de cette algarade. En vain me disait-

il qu'un Alsacien sous un casque à pointe, c'est pire qu'un Prussien, et que, pour le plaisir d'avoir parlé franc, il était prêt à toutes les conséquences.

— Très bien, lui répliquai-je ; mais vous, votre beau-frère et votre sœur, vous serez reconduits à la frontière.

Mon ami Aoury était en voyage pour une huitaine de jours. Le temps manquait pour le rappeler, et d'ailleurs une dépêche nécessairement énigmatique l'eût trop inquiété. Parmi les hôtes du château, il n'y avait personne d'utile. Pouvais-je compter sur sa jeune femme, fort intelligente, mais si frivole et qu'une souris fait évanouir ?

On dîna tard à Lindre-Basse, ce soir-là, car, dès notre arrivée, je fis porter un mot à la comtesse, qui s'habillait, pour la prier de me recevoir immédiatement. Elle vint me rejoindre dans un salon près de sa chambre. En dépit de ma contrariété, j'éprouvai le plus vif plaisir à la voir nerveuse, charmante, deux fois inquiète : de sa coiffure interrompue, plus, peut-être, que de ma démarche.

— Au moins, monsieur, disait-elle, ce n'est rien qui doive m'ennuyer ?

Derrière toutes ses grâces et ses puérilités, cette jeune Mme d'Aoury me laissa voir tout de suite la plus solide raison. Elle comprit d'abord quelle mauvaise posture elle aurait devant son mari si son frère les faisait expulser.

— Eh bien ! lui dis-je, votre frère pourrait exprimer ses regrets.

— Laissons cela... Votre Allemand, comment l'appelez-vous ? (elle lisait la carte : « Paul Ehrmann, étudiant en médecine à l'Université de Strasbourg ») n'en jaboterait que davantage.

— Permettez ! cet Alsacien, quels que soient ses sentiments intimes que j'ignore, est, selon moi, très respectable ; ce n'est pas

— JE DOIS VOUS DEMANDER DE RETIRER LES MOTS DE « RENÉGAT » ET DE « PEUR » QUE VOUS VENEZ D'EMPLOYER.

lui, c'est la France entière qui a signé le traité de Francfort. Allons, les torts viennent de votre frère ! Si Le Sourd étudiait un peu la situation en Alsace-Lorraine...

Elle écarta d'un sourire ma mauvaise humeur et me ramena sur l'essentiel :

— Pierre collabore comme il peut à vos études... Ce n'est pas un penseur, que mon frère, c'est un chauffeur... N'essayez pas qu'il comprenne, ni qu'il fasse des excuses ; ce serait bien long. Oui, nous sommes ainsi dans la famille. Trois choses me paraissent plus faciles : que ces messieurs se battent, que personne n'en sache rien et qu'ils deviennent des amis.

— Mais pour se battre, il faut quatre témoins, des médecins, et voilà un secret bien exposé !...

— Vous êtes notre ami et M. Ehrmann vous plaît... J'ai confiance dans votre diplomatie... Amenez ce jeune homme prendre une tasse de thé avec nous.... C'est impossible... Eh bien ! amenez-le se battre dans le parc. Il ne partira pas sans que j'aie tout apaisé.

— Nous revoici, lui dis-je, à l'époque d'Homère quand les déesses présidaient d'un nuage aux batailles des héros.

Nous rejoignîmes les hôtes du château qui avaient refusé de se mettre à table sans la maîtresse de maison. Elle échangea quelques paroles avec son frère : d'abord elle le grondait, mais visiblement elle ne tarda guère à l'admirer. Ils m'appelèrent. Il me dit avec gentillesse qu'il se rangeait à tout ce qu'elle et moi nous déciderions, sous réserve qu'il ne ferait pas d'excuses. Bien que son absence d'imagination représentative continuât de me choquer, je l'aimais, ce gros égoïste en smoking, parce que, tel quel, il était le frère de cette habile et noble petite créature dont le visage lumineux ne se troublait point sur un bruit d'épées.

Cependant, deux heures après, en pleine nuit et par quelle humidité, quand je filai en automobile, cette fois seul avec le mécanicien, pour relancer à Fénétrange le jeune M. Ehrmann, je pestais contre cette corvée du hasard. Quelle dure inintelligence des autres êtres, tout de même, chez Le Sourd et chez sa sœur ! Pas un instant, ils n'ont pris en considération la dignité propre de M. Ehrmann si odieusement froissée. A peine ai-je pu obtenir qu'ils le nommassent sans mépris. Mon déplaisir, qui avait la qualité douloureuse du remords, augmenta, quand les yeux encore pleins des lumières, de la chaleur et de l'aimable animation de Lindre-Basse, j'arrivai dans la pauvre auberge où ce devait être si dur d'être seul à remâcher une injure.

Il était près de dix heures. M. Ehrmann était remonté dans sa chambre. L'aubergiste s'assura depuis la rue que son hôte avait encore de la lumière et lui porta ma carte avec deux mots. M. Ehrmann ne me fit pas attendre.

Mes premiers mots, nécessairement fort mesurés, furent pour lui marquer, ce qu'il avait pu entrevoir, que je ne m'associais pas aux sentiments de mon jeune compagnon. Du ton le plus digne, il me répondit que la manière de voir, exprimée par M. Le Sourd, était par certains côtés généreuse, mais qu'elle supposait une grande ignorance de l'état des choses en Alsace-Lorraine.

— J'ai bien reconnu, me dit-il, l'esprit qu'entretiennent en France les Alsaciens qui ont opté.

Il s'arrêta. J'aurais voulu qu'il complétât sa pensée. Son cœur était-il donc allemand ou français ? Je ne parvins pas à le démêler. Nous nous assîmes au café ; il se taisait et m'attendait, accoudé tout près de moi sur une table. Je repris à voix basse à

cause des buveurs qui nous entouraient :

— Je ne viens pas au nom de M. Le Sourd. Et s'il avait l'idée de me remettre ses intérêts, je puis vous dire que je déclinerais sa confiance. Mais je vois de grands inconvénients à ce qu'une telle affaire, plus pénible au reste que grave, ait des suites.

— Permettez! me dit-il, — et ses yeux avaient l'éclat fort de la jeunesse et de la volonté, — si l'on est traité de lâche et que l'on ne relève pas l'injure, l'insulteur, les tiers et l'insulté lui-même peuvent croire que c'est lâcheté. Monsieur, j'ai droit à une rencontre sérieuse ou à des excuses. Et si j'avais à choisir, je préférerais une rencontre.

Je m'inclinai.

— Vos témoins exposeront votre revendication. Vous trouverez devant vous un galant homme. Mais précisément parce que l'on vous tient pour tel, je n'hésite point (c'est le but de ma visite) à vous demander un véritable service. Un service, non pas pour votre adversaire, qui se débrouillera, mais pour une femme et pour moi-même. Le comte et la comtesse d'Aoury, de qui je suis l'hôte, sont très attachés à leur Lorraine. C'est un sentiment que vous comprenez. Que les propos de leur beau-frère soient connus, leur expulsion en sera la suite; la mienne aussi, j'imagine. Si mon ami Aoury n'était pas absent, c'est lui qui vous adresserait la demande que je vous soumets au nom de sa jeune femme : couvrez d'un prétexte votre querelle avec M. Le Sourd ; tâchez que rien ne transpire du caractère exact de cette scène. Il est facile d'inventer une fable. Dans beaucoup de cas, deux adversaires font cet accord.

M. Ehrmann n'était préoccupé que d'être correct et de forcer l'estime. Avec cette magnifique confiance qui réussit aux jeunes gens, mais à quoi, passé la vingt-sixième année, nous sommes presque tou·

jours contraints de renoncer, il se mit entièrement dans mes mains.

Nous convînmes, en baissant de plus en plus la voix, qu'il allait se procurer deux témoins d'une discrétion certaine, et que, dans deux jours, il arriverait vers les dix heures du matin au château de Lindre-Basse, où il serait mon hôte, pour que, d'une manière ou de l'autre, on y réglât cette fâcheuse histoire.

III

Une Parisienne en Alsace-Lorrain

Deux jours se passèrent à Lindre-Basse sans que personne, en dehors de Mme d'Aoury, eût un soupçon de l'aventure. Le Sourd ramena, lui-même, de Nancy, des épées, des pistolets et deux jeunes Parisiens accourus pour lui servir de témoins. C'est à Nancy également que nous prîmes le médecin, car il eût été malhonnête de compromettre dans cette affaire aucune personne du pays annexé.

Le mercredi matin, réunis tous quatre autour d'un feu de bois dans un salon du rez-de-chaussée, nous attendions M. Ehrmann, qu'une voiture du château était allée prendre à la gare. Heureux d'une bataille, Le Sourd et ses deux témoins s'ébrouaient comme s'ils étaient nés pour mordre et pour déchirer ; ils s'amusaient à se porter à tour de rôle dans leurs bras et faisaient mine de se jeter par la fenêtre.

— Pierre, disaient-ils, j'espère que tu vas lui donner un joli coup d'épée à ton Allemand querelleur.

Je fus enchanté, quand le bruit des roues sur le gravier du parc les interrompit.

Selon le désir de Mme d'Aoury, je reçus au perron M. Ehrmann. A ma grande surprise, il n'avait avec lui qu'un seul ami. Il me le présenta.

— M. le docteur Werner... Le second témoin sur qui je comptais, est depuis deux jours dans la montagne ; on n'a pas pu le rejoindre... Vous vouliez le secret, je n'ose m'adresser à personne d'autre... En Alsace-Lorraine, c'est une des tristesses, nous sommes obligés de nous défier. Mais vous avez bien, ici, quelque jardinier sûr, un ancien soldat...

— Pardon ! lui dis-je, c'est pour moi

que vous vous êtes mis dans cet embarras ;
si vous y consentez, j'aurai l'honneur de vous
assister.

Je conduisis M. Ehrmann dans ma
chambre, et les quatre témoins se réunirent.

Quand les chances étaient déjà fort
minces pour une solution pacifique, une circonstance vint tout aggraver. Les témoins
de Le Sourd déclaraient que leur ami n'avait
pas pu vouloir offenser M. Ehrmann, dont il
ignorait la situation militaire ; qu'il s'était
borné à formuler une opinion générale... Là-
dessus, M. Werner interrompit. Il s'écria
qu'il avait fait son temps à la caserne allemande et que « l'opinion » de M. Le Sourd,
parfaitement injustifiée, offensait tous les
Alsaciens. — Si nous ne voulions pas d'un
second duel, il fallait hâter le premier.

C'est parfois plus désagréable d'assister
un ami que de se mettre en ligne. Celui qui
va sur le terrain pour son propre compte
n'a pas le temps d'avoir de l'imagination. Et
s'il déteste son adversaire, il tient, ou tout
au moins il cherche un magnifique plaisir.

Nous avions décidé de gagner le lieu du
combat par petits paquets, pour ne pas atti-
rer l'attention du château. Tandis que je
traversais le parc au côté de M. Ehrmann,
moi et les autres Français mêlés à cette
affaire, nous me paraissions de fort vilaines
gens, des gens à la fois corrects et injustes,
ce qui est le pire. Il me semblait qu'en pour-
chassant un Alsacien, nous aggravions d'une
manière odieuse le traité de Francfort.

Nous arrivâmes les premiers au rendez-
vous. C'était, sur la lisière des bois du parc,
une allée assez large, qu'une simple porte
de lattes basses séparait des champs. Ap-
puyés à cette barrière et fumant des cigarettes, nous occupions le haut d'une faible
ondulation. Ces terres sablonneuses de Lorraine sont si dures qu'à trente mètres de
nous cinq bœufs, vaches et chevaux attelés

ensemble traînaient péniblement une char-
rue. Hors ce groupe laborieux, rien ne vivait
sur la triste plaine. Cette terre d'efforts
faisait un digne cadre à mes pensées mécon-
tentes ; elle m'aidait si bien à les sentir que
je ne doutai point qu'elle ne provoquât chez
Le Sourd un sentiment large et vague de
respect pour un vaincu alsacien-lorrain.

Au dernier moment, et comme on flam-
bait les épées, je le pris à part et lui dis
avec assez de violence :

— S'il arrive malheur à ce garçon, je
ne vous reverrai de ma vie.

— Bah ! dit-il, je suis trop bon frère
pour mettre un revenant dans le parc de
ma sœur.

Plutôt qu'humanité, n'était-ce pas fatuité
d'homme de sport ? Il se persuadait qu'un
provincial devant son épée ne serait qu'une
mazette. Eh bien ! ce ne fut pas long. A
peine avais-je dit le sacramentel : « Allez,
Messieurs ! » que j'eus le plaisir de les arrêter. Le Sourd avait une piqûre au bras.

Ses deux camarades s'amusèrent un peu,
tant son dépit paraissait. Pourtant il dit
d'un fort bon air qu'étant à Lindre-Basse et
en quelque sorte chez lui, il voulait tendre
la main à M. Ehrmann, qui n'y fit pas de
difficulté.

Je me hâtai de prévenir au château
Mme d'Aoury. Elle revint avec moi vers le
kiosque où l'on pansait son frère.

— Monsieur, dit-elle au jeune Alsacien,
mon frère s'est conduit comme un étourdi.
Pour sa punition, il ira se coucher, et vous
nous ferez le plaisir, ainsi que votre ami,
de déjeuner ici.

M. Ehrmann parut plus troublé par la
bonne grâce de la sœur qu'il ne l'avait été
par la mauvaise grâce du frère. C'était décidément un très aimable jeune homme.

Il fut convenu qu'on ne soufflerait mot
devant les autres invités. On inventa toute

une fable pour expliquer que Le Sourd s'était foulé le poignet. Elle prêta, durant le déjeuner, à mille fantaisies amusantes pour les personnes qui étaient dans le secret. Cette pénible histoire tournait à la mystification de château. L'Alsacien devint tout naturellement le héros de la journée et, ma foi, il le méritait, car il éleva très sensiblement le ton de la causerie.

Dans ce déjeuner, comme depuis trois jours, Mme d'Aoury m'émerveilla par le génie réaliste que j'aperçus derrière ses grâces et ses lassitudes. Quel regard juste et de petite bête de proie peuvent lancer de beaux yeux, qui semblent faits seulement pour l'amour ! Jusqu'alors, je ne l'avais vue qu'à Paris où nous sommes trop divertis pour bien apprécier les êtres. Eux-mêmes, d'ailleurs, ils y sont atténués, mal en valeur. Mais dans cette vieille ferme, ennoblie par de méchants portraits de généraux et qui n'évoque que des activités simples, une telle jeune femme, par son isolement même, prenait de l'accent. Dans la série des propriétaires de Lindre-Basse, elle faisait un épisode de beauté. Au cours de ce repas, les ondulations de son esprit, son tact, sa souplesse, en un mot, son art, que des Allemands eussent méconnu et traité de frivolité, se faisaient encore plus sensibles par le contraste même qu'elle offrait avec ce jeune Alsacien, qui ne pouvait rien dire que d'amplement expliqué, et qui semblait même expliquer son silence, tant, au début, il marqua fortement qu'il se taisait. On eût dit de l'un et de l'autre deux caricatures, mais chargées d'intelligence et de sympathie. Bien qu'il eût de nombreuses manières d'être germaniques, M. Ehrmann ne méconnaissait point, cela se vit peu à peu, le chef-d'œuvre français qu'était cette jeune femme. Il devint même touchant, avec sa force et sa jeune raideur, d'ébahissement devant cette reine...

Bientôt il eut tout à fait oublié qu'aucune autre personne fût là. Et quand Mme d'Aoury disait des choses bizarres et charmantes, il se renversait un peu, en riant trop fort, pendant une bonne minute.

Successivement, elle avait empêché qu'on parlât de la France, de l'Allemagne, de la germanisation, des partis politiques alsaciens-lorrains, et j'avais admiré chez un jeune homme qui, de naissance, semblait être autoritaire, voire brutal, le pouvoir de comprimer ses premiers mouvements. — C'est un pouvoir que développe, je crois, depuis trente ans, l'atmosphère des pays annexés. — Elle vit enfin qu'il fallait mettre

M. Ehrmann sur l'Alsace. Comme tous ses compatriotes, il était grand promeneur. De quel air convaincu, en hygiéniste, en patriote et en poète, il disait le bonheur de marcher sous les arbres, les arbres et toujours les arbres, par d'interminables sentiers quand les feuilles sont mouillées, et que, bien cou-

verts, nous nous sentons incapables de fatigue ! Mme d'Aoury, qui jamais ne sortait du parc, sinon, très rarement, pour une heure de voiture, assura que ces marches-là seraient son rêve.

Au sortir de table, il nous fit un véritable cours sur les châteaux des Vosges. J'essayai d'indiquer qu'en Lorraine, à défaut de burgs féodaux, nous avions quelques jolies propriétés. Elles devaient plaire à Mme d'Aoury infiniment plus que les ruines du XIIe siècle. Mais elle ne voulait entendre que M. Ehrmann et les choses de l'Alsace.

Etait-ce bien la même personne qui trois jours avant me disait : — « Ah ! monsieur, comme je m'ennuie dans votre « Est ! » — « Tant que cela, madame ? » — « A braire, monsieur, à braire. » Et comme elle était étendue sur cette même chaise longue, elle avait simulé un immense bâillement, qui m'avait permis de voir ses trente-deux dents intactes jusqu'au fond de sa gueule rose. Oui, c'est bien « gueule » qu'il faut écrire pour rendre sensible cette divine impression d'animalité jeune.

Maintenant elle nous reprochait de ne l'avoir pas conduite à la Hohkœnigsbourg et à Sainte-Odile. Elle aurait gravi les montagnes, accepté les auberges... Soit ! Je l'admirais trop pour gêner cette hypocrisie, qui n'était d'ailleurs que la magnifique mutabilité de son âme.

Depuis longtemps, les hôtes habituels de Lindre-Basse étaient rentrés dans leurs paisibles chambres ; depuis longtemps, les témoins et moi, demeurés au salon, nous nous taisions, nous digérions, nous pensions à nos affaires, que Mme d'Aoury et M. Ehrmann gardaient encore la même énergie pour célébrer la beauté, la santé et la suprématie de l'Alsace. Je crois que les deux Parisiens étaient un peu froissés. Tout ce que nous obtenions de temps à autre, c'était qu'elle

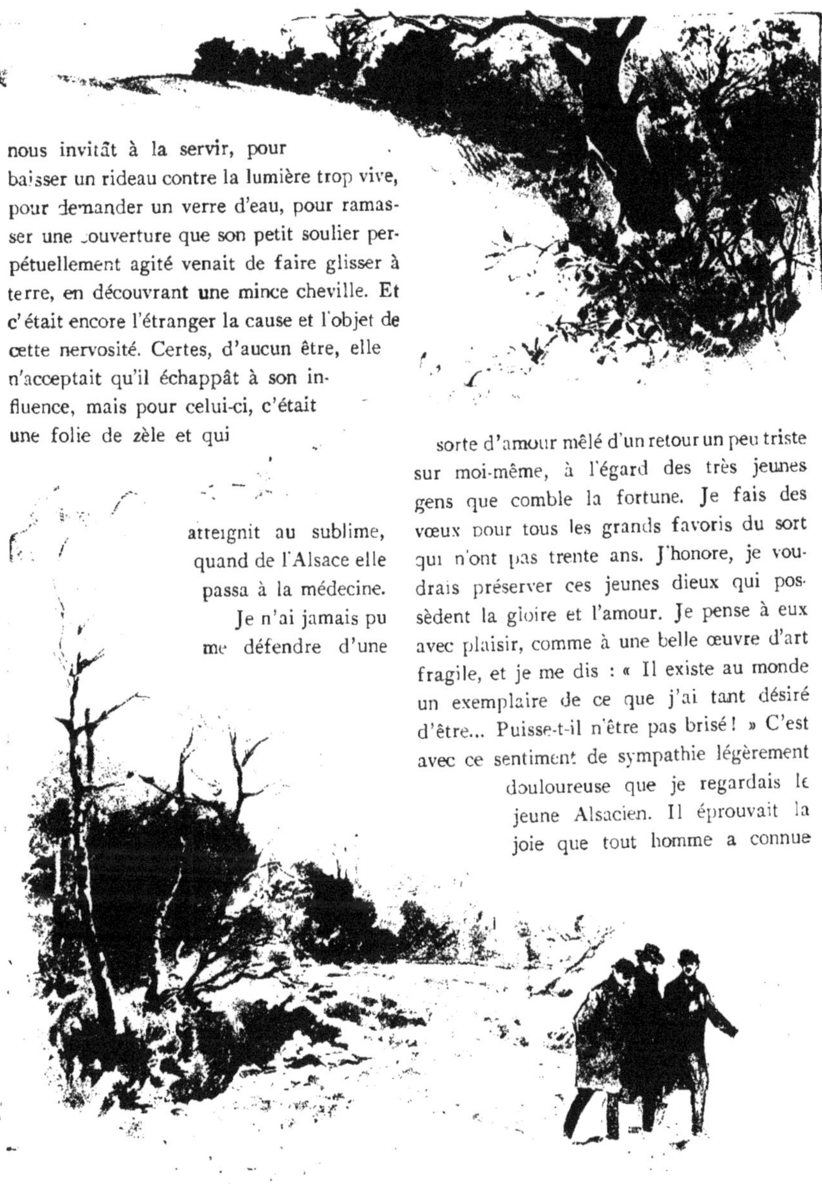

nous invitât à la servir, pour
baisser un rideau contre la lumière trop vive,
pour demander un verre d'eau, pour ramas-
ser une couverture que son petit soulier per-
pétuellement agité venait de faire glisser à
terre, en découvrant une mince cheville. Et
c'était encore l'étranger la cause et l'objet de
cette nervosité. Certes, d'aucun être, elle
n'acceptait qu'il échappât à son influence, mais pour celui-ci, c'était
une folie de zèle et qui

atteignit au sublime,
quand de l'Alsace elle
passa à la médecine.

Je n'ai jamais pu
me défendre d'une

sorte d'amour mêlé d'un retour un peu triste
sur moi-même, à l'égard des très jeunes
gens que comble la fortune. Je fais des
vœux pour tous les grands favoris du sort
qui n'ont pas trente ans. J'honore, je vou-
drais préserver ces jeunes dieux qui possèdent la gloire et l'amour. Je pense à eux
avec plaisir, comme à une belle œuvre d'art
fragile, et je me dis : « Il existe au monde
un exemplaire de ce que j'ai tant désiré
d'être... Puisse-t-il n'être pas brisé ! » C'est
avec ce sentiment de sympathie légèrement
douloureuse que je regardais le
jeune Alsacien. Il éprouvait la
joie que tout homme a connue

JE LES RECONDUISIS JUSQU'A LA GARE A TRAVERS LE PARC.

après une première affaire d honneur : violent ébranlement physique qui raffermit.
exalte toute l'âme et tout le corps. En outre.
il goûtait le romanesque de sa situation :
d'être reçu, fêté, flatté dans la maison de son
adversaire. — C'est assez tard. je crois, qu'il
distingua la beauté singulière de Mme d'Aoury :
au début, il se préoccupait trop des lois de
la politesse française, qu'il observait avec
raideur. Mais il sut peu à peu se distraire de
soi-même. et, naïvement, à sa loquacité succéda le silence, puis la plus noble, la plus
virile compassion tendre, quand elle parla
d'une longue maladie pour laquelle on l'avait
opérée.

— Pendant quinze jours et quinze nuits,
j'ai tellement souffert ! Je remuais une jambe
doucement et je chantais un air très bas sur
deux tons. C'était insoutenable, à rendre
fous ceux qui me soignaient. Mais puisqu'il
me fallait vivre avec une telle douleur, j'aurais tant voulu qu'elle s'endormît. Alors, je
berçais ma douleur.

Et soudain, elle se mit à chantonner,
comme elle avait dit, et à balancer faible-
ment sa jambe droite, tandis que de ses deux
mains allongées et réunies sur son corps,
elle semblait endormir un enfant.

C'était un tableau qui donnait l'idée
même de la faiblesse, et, pourtant, le jeune
docteur exprima notre pensée à tous quand
il dit :

— Comme vous êtes courageuse, madame.

— En tout cas, dit-elle en se levant,
j'admire le courage. Je ne pense pas que la
vie soit ce qu'il y a de plus précieux ; j'aurais
mieux aimé que mon frère se fît tuer, que
de se conduire sans bravoure, mais je suis
contente aussi, monsieur, puisqu'une aventure, où il a tous les torts, nous a permis
d'acquérir un ami que tout le monde dans
cette maison estime.

Je vis bien qu'elle donnait sa main au
jeune homme pour qu'il la baisât. Mais il la
retint dans ses deux mains, et il dit avec
une profonde émotion dont elle fut décon-
certée, car elle craignait le ridicule :

— Il n'y a que les Françaises pour être
si généreuses et si délicates.

Par une petite comédie qui lui était fami-
lière, elle sortit du salon en courant, en mar-
chant sur sa robe, en trébuchant, en poussant
un cri d'effroi, en se retenant à un meuble.

Les deux Alsaciens désiraient marcher.
Je les reconduisis jusqu'à la gare, à travers
le parc. Ils étaient enchantés, et, dans tous
leurs gestes, on voyait la fougue inemployée
de deux jeunes soldats.

M. Ehrmann admirait le paysage, su
blime, sous le soleil couchant, de douceur et
de solitude. Il dit tout d'un coup :

— Imaginez dans ce parc, en place de
Mme d'Aoury, une grosse Prussienne ! Quand
même sous ce ciel bleu pâle, les mêmes bâtiments, les mêmes dessins de prairies et de
bois demeureraient, ce dont je doute, où
serait cette délicatesse et cette fierté qui se
répandent sur tout le domaine ?

Ces paroles de M. Ehrmann me dévoi-
laient enfin son cœur ; elles me montraient
un compagnon de mes pensées, un croyant
de la supériorité française.

— N'est-ce pas, docteur, dit-il en
s'adressant à son compagnon, n'est-ce pas
que Mme d'Aoury, c'est une Française, une
Parisienne, le type de la vraie Parisienne ?

Le docteur Werner n'avait pas dit trois
mots de toute la journée ; il appartenait à
l'espèce des Alsaciens muets, excellente et
aussi nombreuse que l'espèce des Alsaciens
à vivacité méridionale. Il répliqua :

— J'étais un petit garçon quand nous
sommes devenus Allemands ; vous êtes trop
jeune, Ehrmann, vous n'avez pas vu...

moi, je me rappelle les uniformes français sur le Broglie et sur le Contades. Cela faisait une harmonie, comme la voix et les gestes de Mme d'Aoury dans une vieille propriété lorraine.

Les bras m'en tombèrent, et j'aurais voulu prier ces deux jeunes gens, le muet comme le bavard, de collaborer à mon enquête sur la transformation des mœurs aux pays annexés. Mais cinq minutes après, la locomotive les emportait.

Je revins au château par de longs détours; je respirais amoureusement ma Lorraine. Je voyais avec évidence que les Allemands qui n'ont pas créé la beauté de mon pays, en se l'appropriant, la détruisent. Si la population welche déserte la province qu'elle a humanisée, c'est une âme qui se retire et laisse tomber un beau corps. Ils raisonnent juste, ces deux Alsaciens :

qu'est-ce qu'un parc français, sans une jeune Française pour savoir y marcher? Et qu'est-ce que Lindre-Basse, sans cette divine fantaisie qui vient toute une après-midi de nous ennoblir le cœur?

Je dis à Mme d'Aoury que M. Ehrmann l'aimait.

— Alors, dit-elle, vous croyez qu'il se taira?

Je fus un peu indigné.

— Comment pouvez-vous prêter la moindre bassesse à un garçon qui interprète tout avec une si admirable noblesse? C'est indigne de vous.

— Vous avez raison, dit-elle, mais je serais encore plus sûre de M. Ehrmann, s'il était comme son camarade. En voilà un qui aimerait mieux périr, c'est évident, qu'ouvrir la bouche! Quels hommes que vos Allemands! Je suis exténuée, monsieur.

AU MILIEU DE LA VILLE, AU-DESSUS DES VICISSITUDES, LA NOBLE CATHÉDRALE
VEILLE ET DEMEURE.

IV

La guerre franco-allemande continue en Alsace-Lorraine

Je rentrai pour l'hiver à Paris, et les souvenirs de mon automne lorrain ne tardèrent pas à s'embrumer. Ce petit duel aurait pu me laisser quelques éléments pour mes conversations, par exemple un joli récit pittoresque. Mais je m'aperçus très vite que les gens à qui je le racontais concluaient à la germanisation de l'Alsace, ce qui m'amenait à des discussions énervantes. Moi-même,

d'ailleurs, bien que je continuasse à blâmer l'injure faite à des annexés, qui sont les otages de la France en Allemagne, je pensais avec déplaisir que maintenant M. Ehrmann était coiffé d'un casque à pointe. Je demeurais dégoûté de Le Sourd, mais j'avais perdu mon premier zèle pour mon client.

Je continuai mon livre. Les notes que j'avais recueillies chez les notaires lorrains se rapportaient surtout à la vie rurale. Elles montraient un effort conservateur et aristocratique pour reconstituer les autorités sociales, notamment par des libertés de tester, et une tendance à rétablir la vie provinciale, en laissant certaines initiatives à des groupements (syndicats, caisses de crédit agricoles). Mais, d'autre part, je voyais que le despotisme de la Prusse met des obstacles, en Alsace-Lorraine, au jeu des institutions qui servent la prospérité des autres provinces de l'Empire. Pour continuer mon enquête et mieux soupeser les chaînes des vaincus, au printemps de 1903, je vins à Strasbourg.

J'arrivai à la fin d'une très belle journée,

et, tout de suite, j'allai déposer mes lettres d'introduction chez des juristes et des industriels. Je parcourus ainsi plusieurs fois ce fameux trottoir de gauche, qui va du Broglie à la place Gutenberg et qu'ornent les magasins les plux luxueux de la ville. Ce qui frappe nécessairement un étranger dans ce coin de Strasbourg, où, de cinq heures à huit, la foule est la plus élégante et la plus épaisse, c'est la morgue des innombrables officiers. Comme ils marchent raides et droits, sans se déranger, fût-ce pour les femmes ! Quelle magnifique tenue sans aisance ! Quel orgueil sans gentillesse ! Ce sont des gens de caste, mais surtout des vainqueurs sur le sol de leur victoire. Constatation qui réconforte un Français plus qu'elle ne l'attriste. car il voit avec plaisir qu'après trente-trois ans, ces beaux soldats demeurent des maîtres étrangers.

Au milieu de la ville, au-dessus des vicissitudes, la noble cathédrale veille et demeure ; sa continuité me rassure contre des couleurs éphémères ; elle est, au-dessus des passagères puissances germaines, une haute pensée de chez nous, le témoignage d'une conception d'ordre et de beauté. fleurie d'abord dans le bassin de la Seine.

J'allai de la cathédrale à l'Université. Ses vastes bâtiments m'inquiétaient autant ou plus que les casernes. La pensée germaine ne s'arrête jamais de faire la bataille. Ne peut-elle pas ruiner ce qui reste de la France dans nos anciens départements ? Les professeurs ne valent-ils pas pour discipliner des âmes sur qui ces officiers arrogants n'auraient, je le crois, aucune prise ? Mes études autour du nouveau code m'avaient obligé à reconnaître certaines puissances de la raison allemande, et, comme il arrive si nos facultés sont ébranlées par une émotion, ma promenade solitaire dans Strasbourg me laissait sentir, avec une extrême force, l'embarras

de cette nation alsacienne à qui l'on propose de choisir entre deux idéals. Tout d'un coup, je pensai à M. Ehrmann, comme à un navigateur perdu sur la vaste mer. De nouveau, je le jugeai un personnage énigmatique. Dans quelle mesure était-il Français ou Allemand ? Et tous les jeunes bourgeois d'Alsace-Lorraine, les dirigeants de demain ? J'eus envie de voir le monde des écoles.

J'appris à mon hôtel que, le samedi, les étudiants passaient volontiers la soirée, avec leurs maîtresses, dans un café-concert nommé *les Variétés*.

J'y entrai vers neuf heures.

Comme je traversais les couloirs, un grand diable de jeune homme à casquette et à cicatrice, un Allemand pour sûr, aborda tout auprès de moi l'agent de police et lui dit :

— Il y a dans une loge un individu qui fume à la dérobée. Je suis assesseur. (C'est-à-dire qu'il avait fait sa quatrième année de droit.) Je veux que la loi soit obéie.

Une telle démarche est fondée en raison ; elle peut se défendre du point de vue social, et je m'en chargerais, puisqu'il y a Pascal, qui, en dénonçant et poursuivant le frère Saint-Ange, agissait à peu près comme ce jeune légiste, mais, tout de même, je fus rempli d'un vif dégoût, d'un dégoût si excitant qu'il atteignait à l'allégresse.

Je pris place. Sur la scène, une chanteuse disait en français « Les petits cochons », et tout autour de moi le parterre applaudissait furieusement, tandis que le balcon huait. Une Allemande succédant à la Française. les huées et les bravos changèrent d'étage. D'où je conclus que les spectateurs se groupaient par nation et que j'étais assis en France. J'avais pour voisin de fauteuil un fort beau gaillard, très massif et placide, un blond à la peau blanche et à l'œil bieu. Il s'occupait avec amitié de sa maîtresse. A

cela on reconnaissait un brave garçon.
Il me dit avec orgueil qu'il était un
Haut-Rhinois, de l'Alsace où
l'on boit du vin. Puis il
commença de me signaler
avec son doigt tendu les
grossièretés des Alle-
mands.

Ils avaient de lon-
gues cannes à pêche où
pendaient des harengs
saurs, qu'ils prome-
naient devant les figures
des gens du parterre, et
puis, de temps à autre, ils
jetaient à travers la salle des
poignées de monnaie. Je vis l'un
d'eux assis sur le bord de sa
loge, les pieds dans le vide ;
il avait sur ses genoux une
assiette, et salement mangeait
une côtelette dont la sauce
dégouttait sur le public. Parfois, un demi-ivrogne se levait, et
d'une voix formidable, en tendant
son verre de bière, criait : « *Prosit!*
un tel!* » Et celui de qui il portait
la santé, il ne le désignait point par
son nom, mais par un sobriquet. A
quoi le camarade ainsi honoré répondait de
l'autre bout de la salle par une lourde indé-
cence.

Ces jeunes Allemands manquaient de
goût dans leur entente du plaisir, comme,
tout à l'heure, ce juriste dans son sentiment
du devoir. On eût dit des jeunes bêtes qui
s'ébrouent. Mais précisément la jeunesse,
l'ardeur adolescente colorent, enlèvent, font
une noblesse, et le spectacle n'était tout à
fait dégoûtant que si l'on ne voyait pas les
figures, naïvement fières de leurs sottises.
D'ailleurs mon voisin et sa petite compagne,
encore qu'ils protestassent, s'amusaient fort,

SUR LA SCÈNE UNE CHANTEUSE DISAIT EN FRANÇAIS
« LES PETITS COCHONS ».

et quand je leur dis que je voulais m'en aller,
ils me répondirent : « Ça va devenir intéres-
sant » d'un ton si convaincu que je me
rappelai ce que fait chanter notre Berlioz
d'après Gœthe, dans la taverne d'Auer-
bach : « Observez d'abord! La bestialité va
se manifester dans toute sa candeur. » Et,
ma foi, ce fut une bestialité telle qu'au-

jourd'hui encore, je ne puis me la représenter sans quelque émotion de joie.

A peine mon aimable Haut-Rhinois avait-

STRASBOURG
« LES VIEILLES MAISONS ».

il prononcé sa phrase vraiment prophétique (et cette coïncidence un peu comique contribua, je pense, à l'exaspérer) que du premier étage un gros pain tomba, qui atteignit et renversa le chapeau de sa jeune femme. Toute l'Allemagne se mit à rire. Quant à lui, il dépouilla sa placidité, plus vite qu'un lutteur n'ôte sa veste, et bondit hors des fauteuils. En moins d'une seconde, au-dessus de nous, dans une loge, nous entendîmes sa voix furieuse :

— Lequel de vous a jeté le pain ?

La salle commença de se lever. Il y eut dans la loge un concert de ricanements. La voix alsacienne reprit :

— C'est d'ici que le pain est parti. Que celui qui l'a jeté se présente. Je le dis une dernière fois.

Nouveaux ricanements. Puis, tout d'un coup, un cri de détresse. Un homme, du balcon, c'est-à-dire d'une hauteur de trois à quatre mètres, venait s'abattre sur nous tous. L'Alsacien avait précipité l'un des Allemands. On eût dit qu'il avait fâché une ruche. Toute la salle tournoya, les Allemands courant pour assommer l'audacieux et les Alsaciens pour le soutenir. Quelle mobilisation ! Ah ! ce fut rapide pour que les deux nations se reconnussent et se classassent !

Deux vagues agents essayant d'intervenir, par la même occasion on leur tapa dessus. Derrière les loges et sur l'escalier, la bataille fut magnifique. Elle parut défavorable aux Allemands. Ils se replièrent peu à peu vers la sortie. Dans une sorte d'élan héroïque, les jeunes descendants des Celto-Romains balayaient la horde germaine.

On est toujours émerveillé du peu de dégâts tragiques que font ces grandes luttes sans armes. C'est qu'on se bat dans une épaisse cohue qui fait comme de l'étoupe.

Les Allemands d'abord expulsés cherchèrent à rentrer, mais ils étaient empêchés, parce que le scandale ayant interrompu le concert, chacun se pressait pour gagner la rue. Moi-même, j'allais y atteindre, quand soudain, du dehors, un gigantesque Poméranien bouscula les choses et les gens, empoigna et leva le fauteuil classique, en velours grenat, de la caissière qui fuyait en hurlant, brisa dans son effort le lustre du plafond, et sous une pluie de verreries, précipita l'énorme meuble sur trois jeunes guerriers alsaciens, qui, seuls, dans l'écart de tous, lui barraient le passage. L'un d'eux s'abattit. Le furieux allait redoubler, mais un héros le surprit d'un bond prodigieux, lui mit au cou les deux mains et roulant à terre avec lui, sous une volée de coups de canne, s'efforça consciencieusement de l'étrangler.

J'eus un cri d'admiration. Qui venais-je de reconnaître? Mon jeune client de Lindre-Basse, M. Ehrmann. Ah! par exemple, qu'il fût officiellement au service de l'Allemagne et, dans le privé, un volontaire de la France, qu'il parût l'avant-garde germaine et se conduisît comme une arrière-garde française,

j'en fus enthousiasmé, et, ma foi, comme toute ma « nation », je m'élançais pour le dégager, quand, du fond de la salle même (où sans doute ils avaient pénétré par la scène), les agents de police survinrent.

Nous fûmes tous jetés dehors. Je vis M. Ehrmann qu'un agent voulait entraîner. Mais un jeune homme saisit et tor-

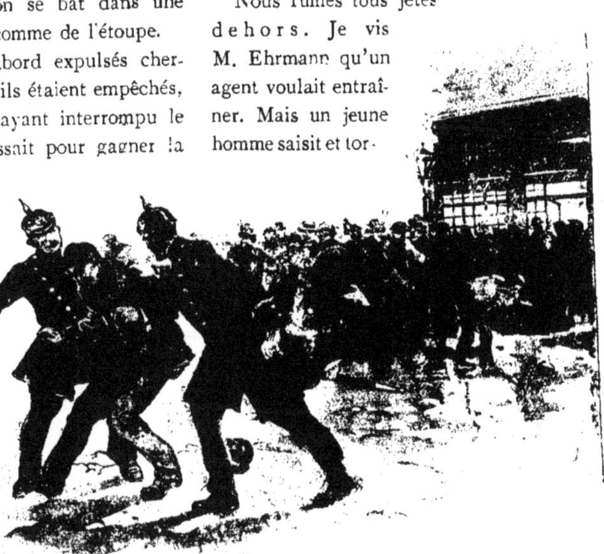

dit les bras du policier et commença à crier :

— Pas toi! File! File!

Je compris bien ce qu'il voulait dire, que le cas d'un volontaire serait particulièrement grave. M. Ehrmann hésita, puis disparut.

Son sauveteur moins heureux resta aux mains des agents. Et l'un d'eux lui disant :

— Tenez-vous tranquille, espèce de voyou!

— Comment, moi, un voyou! répliquait-il, je suis le fils du maire de T*** et je vous défends bien de m'insulter.

On le traîna au poste, avec une dizaine d'autres. L'importance que ce jeune homme paraissait attacher à sa qualité sociale, en me réjouissant, me délivra de mon excessif enthousiasme. Nul doute, me disais-je, que monsieur le fils du maire ne soit en ce moment vigoureusement passé à tabac. Mais je vis, au scandale de quelques personnes, qu'il n'avait pas invoqué un titre sans poids, et l'on m'assura que ces jeunes gens, sitôt leur identité constatée, allaient être relâchés, sans que la poiice leur rendît un seul des coups qu'elle avait reçus.

Les journaux, le lendemain, parlèrent négligemment d'une rixe d'étudiants. C'est aujourd'hui le système officiel de ne rien laisser transpirer qui puisse donner des doutes sur la germanisation du pays. On veut en haut lieu qu'il n'y ait plus de question d'Alsace-Lorraine.

L'incident m'avait ému, plus qu'il ne semblera peut-être raisonnable. Mais il s'agit bien de raison ! C'est la déraison de ces jeunes soldats attardés qui éveillait mes sympathies fraternelles. Je m'informai, j'appris que l'autorité judiciaire n'engagerait rien, sans en avoir référé au recteur et que le Sénat académique, c'est-à-dire le Conseil de l'Université, allait entendre les jeunes batailleurs.

Strasbourg est une petite ville. Il me fut aisé d'avoir un rapport exact de cette séance. On me raconta comment, dans une vaste salle, avaient été convoqués les étudiants mis en cause par la police. Beaucoup de leurs camarades les accompagnaient, à qui il plaisait de venir dire : J'en étais, voici comment la chose s'est passée. Derrière une table recouverte d'un tapis vert, les professeurs entouraient leur recteur. Celui-ci tenait sa main dans sa redingote ; il portait des cheveux assez longs, une grande barbe presque blanche et des lunettes d'or. Avec un air digne et une figure très pâle, il commenta les accusations de la police.

— Vous vous êtes conduits comme des gens communs, d'une façon indigne de disciples de l'*Alma mater*. Et ce qui est le plus grave, c'est qu'on vous accuse de vous être colletés avec des agents et de leur avoir opposé de la résistance.

Quand il se fut assis, un jeune homme s'avança et dit :

— Je dois rendre attentif monsieur le Recteur que les agents ont commencé de nous insulter. Ainsi l'agent qui m'a appréhendé m'a traité de « voyou ».

Le recteur se leva, les deux mains sur le tapis :

— Ce que vous dites là, pouvez-vous le prouver ?

D'autres Alsaciens se mirent en avant :

— Nous l'avons entendu, nous sommes prêts à témoigner de la vérité.

Le vénérable recteur renversa sa tête en arrière et assura sa main dans sa redingote. Personne autant qu'un Allemand ne se renge dans l'exercice d'une haute fonction. Il se tourna vers ses collègues :

— Messieurs, dit-il, ce que nous apprenons dans cette minute est très grave. Nous sommes à notre poste, en premier lieu, pour faire respecter notre sainte et aimée *Alma mater* et ses disciples, et il n'est pas possible que nous tolérions à leur égard les insultes d'un agent. Je vous propose, messieurs, de congédier ces jeunes gens pour que nous délibérions.

Toutes les physionomies graves et honnêtes des sénateurs, toutes ces figures appuyées sur toutes ces mains s'inclinèrent en signe d'assentiment.

Là-dessus, se rengorgeant encore une fois, le recteur s'adressa aux jeunes gens, sans bienveillance, mais d'un ton plus adouci :

— Messieurs, vous pouvez rentrer chez vous. Vous serez avertis de la suite que prendra cette affaire.

La cour de l'Hôtel du Corbeau, à Strasbourg.

La suite, ce fut une sévère punition à l'agent de police.

Ce petit événement me renseigna, mieux qu'aucun paragraphe du nouveau code, sur l'esprit aristocratique, exactement, sur l'esprit de classe qu'il y a dans la société allemande. Je compris que cette aristocratie est fondée sur des usages et des tempéraments, bien plus que sur la lettre de la loi. Beaucoup des prérogatives de l'Université s'appuient sur une tradition sans plus : c'est de l'irrégulier et de l'incomplet, menacé d'ailleurs par les envahissements du pouvoir impérial. Il n'est écrit nulle part que l'étudiant relève d'une juridiction spéciale. En fait, cependant, ses petits délits sont d'abord portés au Sénat académique, et celui-ci excuse d'office tout ce qui peut rentrer dans la série des tapages nocturnes et des ivrogneries ; pour le surplus, il peut trouver des échappatoires.

Formés par notre esprit français, qui est égalitaire et qui cherche les solutions simples, les Alsaciens se plaignent que dans la loi allemande il y ait toujours place pour l'arbitraire.

Qu'ils croient voir de l'arbitraire, cela déjà peut les gâter. Mais je crains davantage la nécessité pour eux d'être hypocrites. Je ne blâme pas la manière dont ces jeunes Alsaciens ont esquivé les conséquences de la bataille des *Variétés;* je préférerais, toutefois, que leurs beaux instincts de soldats ne fussent pas nécessairement mêlés d'habileté.

La responsabilité de cette diminution morale n'incombe pas aux Alsaciens, mais tout entière aux circonstances où ils vivent depuis trente-trois ans. La guerre franco-allemande continue en Alsace-Lorraine. Les misères de la guerre ne sont pas seulement celles qu'a gravées notre compatriote Callot. Il y en a qui se voient avec les yeux de l'esprit.

Un soir que, pour la centième fois, j'essayais d'établir un diagnostic d'après les notions que j'avais recueillies sur le corps des nations alsaciennes et lorraines, il m'arriva de rencontrer soudain M. Ehrmann, et cette courte vision ajouta encore à mes incertitudes. Le casque sur la tête, le jeune homme sortait de la caserne d'artillerie (sur la place d'Austerlitz) avec d'autres soldats. Nos regards se rencontrèrent ; il ne fit pas mine de me reconnaître, quoique mon premier geste vers lui fût assez sensible ; et certainement il pressa le pas. Je m'arrêtai de l'aborder ou même de le saluer. Pourquoi? Sa gêne, sa hâte, son casque m'inclinèrent, puérilement, je l'avoue, à rabattre de la haute estime qu'il m'avait d'abord inspirée et où j'étais revenu en le voyant charger l'ennemi.

Le lendemain, je quittai Strasbourg, assez en peine des petits faits que je venais d'amasser. Ils complétaient, mais contrariaient mes premières constatations de l'automne. Jugés en eux-mêmes, plusieurs principes de la loi allemande m'avaient d'abord paru très propres à maintenir une société: je voyais aujourd'hui qu'ils ne s'accordaient pas tous avec la culture alsacienne et lorraine (3).

V

La magnifique Alsace, toujours pareille et toujours diverse

L'étranger qui parcourt la plaine d'Alsace, entre Mulhouse et Saverne, instinctivement tourne ses yeux vers les innombrables châteaux du moyen âge qui, par-dessus la chaîne basse des vignobles, hérissent les sommets des Vosges. Pour un indigène, ces ruines sont mieux que pittoresques ; elles sont des points de sensibilité. Peut-être l'Alsacien respecte-t-il, sans le connaître clairement, le rôle qu'eurent ses burgs dans sa vie sociale. Et puis on montait là-haut quand on était petit ; les parents, les grands-parents y montèrent et, dans chaque famille, des souvenirs heureux ou malheureux, fiançailles, mariages, naissances ou morts, se conservent liés à l'un ou l'autre de ces sites. Entre tous, la montagne de Sainte-Odile avec ses nombreux châteaux, ses souvenirs druidiques ou romains et son couvent, est le plus mémorable (4).

Vu de la plaine, le couvent de Sainte-Odile semble une petite couronne de vieilles pierres sur la cime des futaies. Il occupe au sommet de la montagne un énorme rocher coupé à pic vers l'Est, accessible d'un seul côté et qui surplombe trois précipices de forêts. Sans doute on trouve dans les Vosges des sites également pittoresques, mais celui-ci suscite la vénération. Sainte-Odile, depuis douze siècles, demeure la patronne de l'Alsace ; sa montagne est, avec la cathédrale de Strasbourg, le plus fameux monument du pays ; et, si l'on veut prendre en considération que son mystérieux « mur païen » fut construit par une peuplade qui venait de bâtir Metz, on admettra qu'elle préside l'en semble du territoire annexé. Aussi, vers l'automne de 1903, quand il me fut permis de revenir en Alsace et de reprendre mon travail sur le pays annexé, je ne pensai point que je pusse trouver une retraite plus convenable pour mettre en œuvre mes notes de Lindre-Basse et de Strasbourg.

J'avais recueilli des documents qui nous montrent notre génie français et latin refoulé par le génie germanique ; j'étais préoccupé d'en tirer une moralité alsacienne et lorraine. Pour juger des institutions allemandes en Alsace et en Lorraine, il faut d'abord que nous nous fixions dans un parti-pris sur le rôle historique de ces deux marches de l'Est ; il faut que nous reconnaissions ce que cette vallée rhénane renferme de permanent et qu'il s'agit de maintenir. Sainte-Odile est le vrai sommet d'où sentir et comprendre avec amitié la continuité de l'Alsace et du pays messin.

Comment saurais-je rendre sensible la solitude, les plaisirs et la musique d'un long automne à Sainte-Odile ?

C'est avec amour et confiance qu'à chaque visite je me promène sur la forte montagne. Il n'en va pas de même ailleurs. Ailleurs, qu'un oiseau donne un coup de sifflet, qu'autour de moi les mouches accentuent leur bourdonnement, que les aiguilles des sapins miroitent au soleil, c'en est assez, ma vie fermente, je souffre d'une sorte d'exil : je regrette ma demeure, mes pairs et toutes mes activités. Sur la montagne du Montserrat, plus étrange sinon plus belle que l'Ottilienberg, je ne pus jamais m'oublier, me donner. « Je salue vos puissances, disais-je au mont sacré des Catalans, mais nulle pierre de vos gradins ne saurait servir au tombeau qu'il faut que je m'édifie. » Sainte-Odile, au contraire, me semble l'un de mes cadres naturels, et je foule, infatigable, les sentiers de ma sainte montagne en

me chantant le psaume qui m'exalte : « Je suis une des feuilles éphémères, que, par milliards, sur les Vosges, chaque automne pourrit, et, dans cette brève minute, où l'arbre de vie me soutient contre l'effort des vents et des pluies, je me connais comme un effet de toutes les saisons qui moururent. »

Je m'enfonce dans ce paysage, je m'oblige à le comprendre, à le sentir : c'est pour mieux posséder mon âme. Ici je goûte mon plaisir et j'accomplirai mon devoir. C'est ici l'un de mes postes où nul ne peut me suppléer. A travers la grande forêt sombre, un chant vosgien se lève, mêlé d'Alsace et de Lorraine. Il renseigne la France sur les chances qu'elle a de durer.

Bien que je doive d'heureux rythmes à Venise, à Sienne, à Cordoue, à Tolède, aux vestiges même de Sparte, et que je refuse la mort avant que je me sois soumis aux cités reines de l'Orient, j'estime peu les brillantes fortunes que me firent et me feront de trop belles étrangères. Bonheurs rapides, irritants, de surface ! Mais à Sainte-Odile, sur la terre de mes morts, je m'engage aux profondeurs. Ici, je cesse d'être un badaud. Quand je ramasse ma raison dans ce cercle, auquel je suis prédestiné, je multiplie mes faibles puissances par des puissances collectives, et mon cœur qui s'épanouit devient le point sensible d'une longue nation.

Le soir de mon arrivée, sous la pluie qui tout le jour ne s'était pas interrompue, une petite sœur des pauvres traversait la grande cour du monastère, au point où la porte cintrée s'ouvre sur la forêt. Cette cornette et l'inconfort général donnent un style monastique à ces dépendances qu'ennoblissent de sombres tilleuls. — Sans doute, au grand jour, Sainte-Odile n'est plus qu'une hôtellerie tenue par les petites sœurs des pauvres, le monastère a perdu sa règle et le cloître sa solitude ; mais, de l'ensemble se dégage une

POUR UN INDIGÈNE, CES RUINES SONT MIEUX QUE PITTORESQUES.

LES MATINÉES DE SEPTEMBRE A
SAINTE-ODILE SONT DES MATINÉES DE
BONHEUR.

magistrale leçon de continuité. Il y a la stèle du XIIᵉ siècle encastrée dans un mur du cloître ; il y a, dans la chapelle, les reliques de sainte Odile, que la critique la plus scrupuleuse tient pour authentiques ; il y a sous les murs du monastère, comme le panier de son sous la guillotine, l'étroit cimetière des nonnes anonymes : mais le spectacle le plus instructif, c'est tout au fond des corridors, quand on débouche dans un étroit potager.

Seul, un muret nous sépare de l'abîme. Sur la pointe du rocher plat, où repose depuis quatorze siècles l'audacieuse construction, cet humble jardin de légumes, semblable à un éperon, domine la cime des plus hauts sapins. Ici d'innombrables générations sont venues admirer ce qui ne meurt pas, la magnifique Alsace : l'Alsace « toujours la même et toujours nouvelle », dit Gœthe, en retraçant avec plaisir, dans ses mémoires, son pèlerinage de jeune étudiant à l'Ottilienberg.

Dans ce paysage aux motifs innombrables, l'essentiel, c'est l'armée des arbres qui s'élève de la plaine pour couvrir de ses masses égales les ballons et les courbes des Vosges, cependant qu'au loin, l'Alsace agricole s'étend, avec ses verts et ses jaunes variés, ses rares bouquets d'arbres sombres, ses rouges petits villages et, doucement, bleuit, pour finir là-bas, dans une sorte d'eau lumineuse. Mais plus lyrique encore, selon ma préférence, que cette escalade forestière et que ce repos champêtre, il y a le royaume des airs. Nous assistons aux échanges du ciel et de la terre, quand les vapeurs montent et descendent. Parfois sur la plaine glisse une

Vu de la plaine, le couvent de Sainte-Odile semble une petite couronne de vieilles
pierres sur la cime des futaies.

grande ombre qu'y projettent les nuages. Parfois ceux-ci s'interposent entre la terre et notre regard. Ils circulent rapidement comme une flotte défile devant un promontoire.

Les matinées de septembre, à Sainte-Odile, sont des matinées de bonheur. On voit une plaine aussi douce, aussi neuve, dans ses blondes vapeurs flottantes, que la jeune fille classique de l'Alsace. Délicieusement mouvementée, bien qu'aux regards distraits elle paraisse unie, cette vallée du Rhin prouve les grâces et les forces de la ligne serpentine. Ses chemins, jamais droits, ondulent avec nonchalance. La jeune plaine d'Alsace auprès de la vieille montagne ! serait-on tenté de dire ; mais que le soleil atteigne la montagne si noire, elle s'éclaire, devient jeune à son tour. Plaine rhénane ou montagne vosgienne, c'est ici une bienfaisante patrie, le lieu des plaisirs simples. Une nation laborieuse y sait jouir de son bonheur terrestre. Quelles figures satisfaites chez les pèlerins qui défilent sur la terrasse de Sainte-Odile ! Se bien promener et bien manger, en gaie compagnie, c'est la devise de l'Alsace heureuse.

Mais à mesure que l'hiver approche, on ne voit plus qu'à travers des espaces d'humidité les villages devenus bruns, les terres roses, les prés d'un vert clair. De longs rubans de nuages restent indéfiniment accrochés à la montagne, et l'Alsace, en bas, devient un archipel dans une mer lointaine et bleuâtre.

Parfois, vers midi, notre montagne est dans le soleil, mais la plaine passera la journée sous un brouillard impénétrable. A quelques mètres au-dessous de nous, commence sa nappe couleur d'opale. Sur ce bas royaume de tristesse reposent nos glorieux espaces de joie et de lumière ! C'est un charme à la Corrège, mais épuré de langueur, un magnifique mystère de qualité

auguste. Je parcours avec allégresse les sentiers en balcon de mon étincelant domaine forestier. Qu'une branche craque dans les arbres, j'imagine que des dieux invisibles prennent ici leurs hivernages. Si l'on m'excuse d'apporter aux bords du Rhin une image classique, c'est une goutte glissée du sein d'une déesse qui noie ce matin notre Alsace.

A certains jours, vers cinq heures du soir, une couleur forte et grave emplissait la plaine. Et c'est bien « emplissait » qu'il faut dire, car de ma hauteur je voyais si nettement, au delà du Rhin, se relever les hautes lignes de la Forêt-Noire, qu'à mes pieds c'était une immense cuve où s'amassaient du sérieux, du triste et du noble.

La beauté de Sainte-Odile n'est point toute sur sa terrasse : elle habite encore la Bloss et l'Elsberg, que chargent de mystérieux monuments.

Les deux plateaux de la Bloss et de l'Elsberg forment avec le promontoire de la Hohenburg, qu'ils flanquent au Sud et au Nord, une superficie de cent hectares. Un mur celtique les enserre d'un ruban de dix kilomètres. C'est le célèbre « mur païen ». En partie éboulé, recouvert de mousses et travaillé par les racines des sapins, il est fait d'énormes blocs grossièrement équarris. Dans ses meilleures parties, il n'a plus que trois mètres de hauteur ; ses pierres, reconnaissables à leurs entailles en queue d'aronde, gisent au milieu des arbres. Selon les accidents du terrain, il se replie, ou projette des pointes, et même disparaît, toutes les fois que le rocher à pic rend impossible une escalade.

Par le plateau de la Bloss, on arrive de plain-pied sur les rochers du Mænnelstein et du Schafstein et, brusquement, on trouve le vide, tout un immense précipice. C'est une

Il y a, sous les murs du monastère, l'étroit cimetière des nonnes anonymes.

vue sur la douce, riche et diverse
plaine d'Alsace, et sur le groupe puissant des montagnes solitaires et boisées.
Une série de contreforts se détachent de
la chaîne des Vosges et s'inclinent vers la
plaine pour y mourir. J'aime ces formes
éternelles plus que les gais villages, et ces
bois monotones plus que les champs parcellaires.
O douceur altière de ces alternances de montagnes ! Les reines de la nature reposent heureuses
dans une atmosphère lilas. Et contre ma figure,
il y a de délicieux mouvements d'air... Sur la pierre
plate du Schafstein, sans aucun garde-fou, je suis en
face des libres espaces. Tout près de ma main, frêles
dans la brise, voici des rameaux verts et jaunes, pointes
des arbres qui surgissent de l'abîme, ayant poussé, Dieu
sait comment, dans les interstices de la dure roche. De ces
ramures et par-dessus la profonde vallée de Barr, le regard glisse sur un premier plan de montagnes, fort basses, qui semblent un moutonnement de cimes verdâtres,
un crêpelage comme sur le dos des brebis. Une seconde,
une troisième chaîne forment des masses de bleu noir,

puis se dégradent en bleu gris, jusqu'à ce que là-bas, là-bas, sur la plus haute crête, apparaisse la très mince silhouette de la Hohkœnigsbourg, dans une buée jaunâtre, dans un glacis de couleur paille.

Jusqu'à quatre heures, les montagnes, épaisses de feuillages à l'infini, ondulent, vernies d'une brume dorée qui leur donne du mystère et du silence. De ces spacieuses solitudes, rien n'émerge que les deux tours féodales d'Andlau, rien n'étincelle que l'étroite prairie sur le ballon près du Spesbourg. Ni la peinture ni les mots ne peuvent rendre les fortes et sereines articulations d'un immense paysage sévère; il y faudrait une musique épurée de sensualisme. Dans cette harmonie d'or cendré, sur du vert, mon âme écoute un plain-chant dont le sens s'augmente à mesure que je m'y prête.

Quand le soleil, en s'inclinant, jette ses moires, de l'Ouest à l'Est, sur les montagnes qui s'abaissent vers la plaine, on voit se lever de celle-ci des centaines de fumées produites par les fanes qu'on brûle. Et, à l'opposé, vers l'Ouest, dans le haut du ciel d'où descendent les montagnes. apparaissent de grandes taches ardentes. car c'est l'heure du couchant.

J'ai parcouru indéfiniment le domaine de Ste-Odile et ses alentours. Les interminables sentier serpentent, roses, sous les sapins qui leur font un toit vert. Pendant des heures, je montais, je descendais, parfois je m'égarais, sans rencontrer de bruit. ni de passant, ni aucune singularité. La profonde colonnade des sapins assombrissait les pentes. Il n'y avait pour rompre la symétrie que des roches écorchant le sol, çà et là, et couvertes de mousses verdâtres. Les jours de soleil, la forêt sentait les mûres et, si grave toujours, avait de la jeunesse. J'y trouvai plus souvent des semaines de tempête. Le vent, brisé sur les arbres, ne se faisait connaître que par son gémissement. En vain l'eau ruisselait-elle, j'allais avec légèreté sur ce sol sablonneux et que feutrent les aiguilles accumulées.

Par de telles journées pluvieuses d'octobre, vers quatre ou cinq heures, c'est un

ON VOIT SE LEVER DE LA PLAINE DES
CENTAINES DE FUMÉES PRODUITES PAR DES
FANES QU'ON BRULE.

mortel plaisir de chercher, de trouver le château romantique par excellence, le Hagelschloss. A l'extrémité du plateau et sur le mur païen, il se débat, comme un assassiné, parmi les sapins qui l'étouffent. Depuis la ténébreuse vallée qui gît à ses pieds, il apparaît, magnifique de force, de sauvagerie, ouvrant et dressant sur les roides rochers et sur ses propres décombres, un vaste porche où deux platanes et trois joyeux acacias étonnent. Les forestiers prétendent que leurs chiens sont attirés par des puissances invisibles dans les oubliettes du Hagelschloss. Par les temps brumeux, dit-on, des fantômes s'y montrent. J'assure, au moins, que du fumier de ses feuilles amoncelées s'exhale continûment une perfide influenza.

Jour par jour, à la fin d'octobre, Sainte-

Odile se teinte. La coloration débute dans les vallées intérieures. Au pré de Truttenhausen, quel enrichissement du spectacle ! Mais le brouillard, sur ces couleurs, épaissit son empire. Parfois, après une pluie, on revoit des parties importantes de la montagne ; quelque chose de sa gloire, chaque fois, a disparu. Pourtant contre l'obscur, le ténébreux hiver, je ne blasphémerai pas. L'hiver élimine l'éphémère, met en vue les solidités. Voici les troncs, le sol, les rochers. J'embrasse mieux l'ensemble dans ce qu'il a de persistant. Cette Sainte-Odile de novembre, sévère, concise et dépouillée, semble vue par un froid vieillard. Dans la trame des siècles, les vieillards suppriment les particularités éphémères ; ils s'en tiennent aux masses éternelles, aux blocs sur quoi se fonde l'humanité. — Quand l'hiver dépouille ma montagne, je vois mieux les dolmens précel·tiques, le castellum romain et les tours féodales, témoins quasi géologiques des moments dépassés de notre civilisation. Et puis, là-bas, sur l'horizon, une ligne épaisse de brouillards marque plus fortement le Rhin,

VI

La Pensée de Sainte-Odile

Un philosophe est venu à Sainte-Odile.
M. Taine a connu ces délices de la solitude, de l'espace et de la solennité. Ses sentiments de vénération furent éveillés par ce
paysage. Il les exprime dans une méditation, dans un examen de conscience, dans
une prière fameuse.

« Du haut de ces terrasses, dit-il....
comme on se détache vite des choses
humaines! Comme l'âme rentre aisément
dans sa patrie primitive, dans l'assemblée
silencieuse des grandes formes, dans le
peuple paisible des êtres qui ne pensent

pas!... Les choses sont divines et voilà pourquoi il faut concevoir des dieux pour exprimer les choses... Les premières religions ne sont qu'un langage exact, le cri involontaire d'une âme qui sent la sublimité et l'éternité des choses en même temps qu'elle perçoit leurs dehors... Quand nous dégageons notre fond intérieur enseveli sous la parole apprise, nous retrouvons involontairement les conceptions antiques, nous sentons flotter en nous les rêves du Véda, d'Hésiode ; nous murmurons quelqu'un de ces vers d'Eschyle où, derrière la légende humaine, on entrevoit la majesté des choses naturelles et le chœur universel des forêts, des fleuves et des mers. Alors, par degré, le travail qui s'est fait dans l'esprit des premiers hommes se fait dans le nôtre ; nous précisons et nous incorporons dans une force humaine cette force et cette fraîcheur des choses... Le mythe éclôt dans notre âme, et, si nous étions des poètes, il épanouirait en nous toute sa fleur. Nous aussi, nous verrions les figures grandioses qui, nées au second âge de la pensée humaine, gardent encore l'empreinte de la sensation originelle, les dieux parents des choses, un Apollon, une Pallas, une Diane, les générations de héros qui avaient le ciel et la terre pour ancêtres et participaient au calme de leurs premiers auteurs. A tout le moins, nous pouvons nous mettre sous la conduite des poètes et leur demander de nous rendre le spectacle que nos yeux débiles ne suffisent pas à retrouver. Nous ouvrons l'*Iphigénie* de Gœthe... »

Ainsi parle Taine et, sur ce large préambule, dans un magnifique éloge, il exalte la Vierge de Mycènes, *Sacrifiée* et *Sacrifiante*, comme la plus pure effigie de la Grèce ancienne et le chef-d'œuvre de l'art moderne : l'abrégé de ce qu'il y a de plus parfait au monde.

Cette belle élévation témoigne que les heures passées sur la montagne de Sainte-Odile sont, nécessairement, des heures de prière ; elle traduit une grande âme émue par la nature septentrionale. Ce chant incite, échauffe nos idées, héroïse nos sentiments et nous monte d'un degré, mais que formule-t-il qui nous serve ? Nous ne pourrions guère le traduire en actes. Stérile sublimité ! De cette haute minute, allons-nous retomber à notre dispersion, ou bien, contraignant nos âmes, saurons-nous les arracher aux attendrissements diffus de la rêverie pour saisir des réalités alsaciennes ?

Des dolmens et des menhirs, une puissante muraille druidique, un castellum romain, un couvent, des burgs moyen-âgeux peuvent distraire, sans plus, des passants étrangers, mais si je suis un Alsacien, je dois savoir et sentir que cette noble montagne ne fut point ainsi surchargée pour qu'elle m'offrît des promenades ou des thèmes de rêverie. Aux pentes de Sainte-Odile, une intelligence virile, avec ces pierres semées, remonte le sentier de ses tombeaux. C'est un ensemble où la nature et l'histoire collaborent. Toutes les puissances de Sainte-Odile se fondent dans un chant civilisateur.

Cette discipline que leur terre et leurs morts commandent à l'Alsacien, Taine l'eût reconnue, s'il s'était moins détaché de ses Ardennes natales. Il exprime des idées viables et fécondes, chaque fois qu'il est le fils du notaire de Vouziers et le petit garçon formé par des promenades en forêt. Son erreur, à Sainte-Odile, fut de ne pas se soumettre aux influences du lieu : il a méconnu les leçons de ces remparts et de ces tombes. Sa pensée ne s'accorde pas à l'horizon des Vosges et du Rhin. On vérifie sur un tel cas que le meilleur génie devient artificiel et stérile s'il se dérobe à ses fatalités. Le plus vif sentiment de la nature et Virgile lui-même nous tenant par la main nous égareraient dans nos bois. Pour nous guider sur notre sol, nul ne peut suppléer nos pères.

⸍ Si l'on avait traduit en marbre l'hymne de M. Taine, nous verrions aujourd'hui l'Iphigénie allemande se dresser sur la terrasse du monastère. Elle y ferait pendant à l'étendard impérial qui flotte à l'autre horizon sur la Hohkœnigsbourg. C'est démontrer par l'absurde que sur un champ de bataille, il n'y a pas de place pour la fantaisie.

On n'imagine point de lieu où disconvienne davantage qu'à Sainte-Odile la tradition normalienne, pseudo-hellénique, anticatholique et germanophile. Les événements de 1870 prouvent mieux qu'aucune dialectique l'erreur de M. Taine, ou, pour parler net, son insubordination.

Lorsque j'entre sur mon sol sacré, sur la terre où s'incorporent mes pères qui la firent, tout respire et enseigne leur histoire. Je me vois assujetti à .des puissances génératrices que je puis définir. La connaissance que j'en ai ne me laisse point m'égarer ; elle me suggère une amitié pour ceux qui humanisèrent cette nature. Je ne mènerai point sur l'Ottilienberg la vierge grecque acclimatée à Weimar par Gœthe ; mais j'honore, en lui donnant son plein sens, sainte Odile que j'y trouve honorée, et je me subordonne, pour mieux progresser, à l'antique patronne de l'Alsace.

L'Odile historique naquit du duc d'Alsace, Adalric, qui, dans la seconde moitié du VIIe siècle, administrait notre lande de terre pour le compte des Mérovingiens. Il était attaché à la famille des Pépins, grands propriétaires entre la Meuse et la Moselle, et qui bientôt allaient donner la dynastie des Carolingiens. Ceux-ci montrèrent, dit-on, une intelligence profonde de leur époque et restaurèrent l'idée d'Etat. Aussi leurs premiers

clients peuvent être interprétés comme des serviteurs et collaborateurs de la préparation française. A la suite de divergences politiques, il martyrisa saint Léger et saint Germain. Au reste, bon chrétien. Il eut des remords et bâtit le couvent expiato're dont sa fille Odile fut la première abbesse.

Cette montagne était un bon sol, pour qu'il y poussât une plante nationale. Dès le IVe siècle ou le IIIe siècle avant Jésus-Christ, les Celtes y avaient construit le mur païen. On trouve sur ce sommet les traces d'un oppidum gaulois et probablement un collège sacerdotal druidique. Les Romains vainqueurs y dressèrent la citadelle dont nous distinguons les vestiges. Sans doute, on venait ici en pèlerinage honorer Rosmertha, déesse des régions de l'Est (5). Sainte Odile hérita des vertus accumulées de ce paysage et les augmenta. C'est une graine tombée dans une terre déjà riche, mais une graine d'une nature à pousser haute et droite.

Son apparition sur le sommet du Hohenbourg causa une surprise, dont nous percevons encore le remous par les récits merveilleux de la littérature hagiographique. Cette émotion joyeuse s'explique. Les lieutenants de l'Empire avaient disparu, mais les chefs ecclésiastiques demeuraient. Le catholicisme, c'était encore Rome et c'était de l'ordre. Bien qu'ils fussent durs, égoïstes et anarchiques, prompts à prendre leurs armes pour augmenter leurs biens et dédaigneux de l'intérêt général, les Barbares sentaient la difficulté de gouverner, sans une tradition appropriée, cette Gaule qui venait de leur échoir, — cette Gaule où il y avait des villes, des cultures, des manières raffinées de vivre et de sentir, une civilisation très complète, enfin, un idéal. Ils furent obligés, parce que c'était leur intérêt et la condition de leur succès, d'accepter les formules que leur proposait le christianisme, et, dans la mesure où ils les acceptèrent, ils se romanisèrent.

Odile fut le signe et le gage de l'entente d'un vainqueur tout neuf et d'un clergé civilisé. Elle représente un idéal de paix, de charité, de discipline, une moralité enfin que l'analyse peut séparer du catholicisme, mais qui, formée à l'ombre des églises, porte à jamais leur marque. Cette vierge fut admirée qu'on la sanctifia ; les poètes et les émotifs suivirent les politiques ; ils inventèrent et propagèrent les légendes. Odile, c'est le nom d'une victoire latine, c'est aussi un soupir de soulagement alsacien : une commémoration du salut public.

VII

Comment l'activité éternelle de l'Alsace s'adaptera-
t-elle aux circonstances présentes ?

Pour que cette légende, née d'une crise, demeurât vénérable sur une terre où, sans cesse, arrivent d'outre-Rhin de nouvelles masses humaines, il a fallu que chaque génération approuvât la fille d'Adalric de s'être soustraite à la tradition brutale de ses pères. Il a fallu qu'à travers les siècles, sur cette rive gauche du Rhin, une élite se félicitât quand des éléments germains étaient latinisés. Aujourd'hui encore, sur la riche région où l'Ottilienberg règne, les éléments germaniques et gallo-romains sont en contact. Le problème le plus actuel et le plus pressant y demeure celui qu'incarne sainte Odile. Et voilà bien pourquoi la fille légendaire du farouche Adalric demeure la patronne de l'Alsace, alors qu'ont disparu tant d'autres saints fameux, qui, petit à petit, ne s'étaient plus rattachés à rien de réel.

Notre sol a produit cette belle figure d'Odile dans le moment où nous fûmes le plus près de réaliser de grandes destinées, à l'aube de la fortune carolingienne, et quand le christianisme n'avait pas encore complètement discipliné les jeunes forces barbares., Mais sainte Odile n'est pas d'une époque.

Elle est une production de l'Alsace éternelle, le symbole de la plus haute moralité alsacienne. Elle représente ce qu'il y a sur cette région de permanent dans le transitoire.

Les volontés, que la conscience alsacienne projette et glorifie dans la légende de sainte Odile, s'étaient manifestées, dans une longue série d'actes, bien avant que la sainte ne fût née, et, longtemps après qu'elle est morte, ces mêmes volontés continuent de nous animer. L'office rempli par la citadelle romaine, par le mur druidique qui soutint l'assaut des Cimbres et des Teutons, et par les veilleurs du Mænnelstein et du Wachtstein qui guettaient les passages du Rhin, fut indéfiniment poursuivi, avec des chances variées, avant que fût acquise la plus incomplète romanisation des Germains ; et cette gloire merveilleusement servie par les Louis XIV et les Napoléon nous allait être donnée, quand le flot de 1870, en humiliant la civilisation romaine, vint remettre en question notre existence sur le Rhin. Ainsi, de nos jours, il nous faut le même miracle qu'au temps d'Odile, fille d'Adalric. Nous attendons que notre sol boive le flot germain et fasse réapparaître son inaltérable fond celte, romain, français, c'est-à-dire notre spiritualité.

Comme il éclate sur le sommet de la Montagne, notre devoir alsacien ! Cette sainte montagne, au milieu de nos pays de l'Est, elle brille comme un buisson ardent. Ainsi éclairés nous ne nous perdrons pas dans les circonstances passagères et les accidents extérieurs. Nous n'avons pas à adapter notre devoir aux fluctuations du combat éternel des Latins et des Germains. Nous voulons nous attacher à une série d'activités qui se lient les unes aux autres, qui donnèrent des résultats et qui éveillent la vénération. Ceux qui élevèrent ces pierres, ce mur, ces menhirs, ce monastère, ont disparu,

mais ce qu'il y avait, dans leur activité, qui était conforme à la vérité du pays, a subsisté. Cette énergie juste vit toujours en nous et veut être employée.

La romanisation des Germains est la tendace constante de l'Alsacien-Lorrain. — Telle est la formule où j'aboutis dans mes méditations de Sainte-Odile. Elle a l'avantage de réunir un très grand nombre de faits et de satisfaire mon préjugé de Latin vaincu par la Germanie. J'y trouve un motif d'action et une discipline. Dans l'état des choses, les Alsaciens et les Lorrains ne peuvent plus collaborer avec les Français ; cependant ils ne veulent pas collaborer avec les Allemands : faut-il donc qu'ils s'abandonnent ? Je leur propose et je me propose un système de direction qui tienne compte des rapports qu'il y eut toujours entre la France, l'Alsace-Lorraine et la Germanie, en même temps qu'elle nous justifie d'agir comme nous tendons naturellement à faire. Ainsi je puis dire que ce système contient de très nombreux faits historiques et tout notre cœur. Il ordonne nos notions du passé de la manière qui satisfait le mieux notre esprit ; il nous fait prévoir l'avenir tel que la générosité de notre sang nous commande de le prophétiser.

Si l'on ignore le malaise qu'éprouvent certaines personnes pour agir, tant qu'elles n'ont pas fondé leur activité sur un principe spirituel, l'on ne pourra pas comprendre mon allégresse dans cette fin d'automne, alors que la montagne et sa légende me devenaient une solidité et que je pouvais dire avec les simples : « Sainte Odile, patronne de l'Alsace ! »

Pourtant cette plénitude n'allait point sans amertume, car du même coup que j'avais discerné ma juste tâche, je revoyais en esprit la plaine messine désertée, Strasbourg dénaturé... Ah ! comment ces deux reines

captives pourront-elles imposer leur génie ou même y demeurer fidèles?

C'est bien de dire que les conquis conquerront par l'esprit leurs rudes conquérants. C'est la vérité historique, philosophique, fondamentale de toute activité vraiment citoyenne sur la rive gauche du Rhin. Mais comment cela, qui doit être nécessairement, sera-t-il? Par où l'Alsacien, le Lorrain seront-ils avertis d'une manière vivante de ce devoir que le philosophe peut bien reconnaître, mais que le philosophe n'est pas en mesure de faire pratiquer? Comment l'instinct de civilisateur latin, que notre raison constate et honore, à travers les siècles, chez les populations de ce terroir, s'éveillera-t-il aujourd'hui et comment agira-t-il? De quelle manière l'Alsacien-Lorrain veut-il accomplir sa prédestination?

Je me rappelle ce dimanche de novembre, un jour de la Toussaint, où je me promenais dans les sentiers de Sainte-Odile, en achevant de reconnaître les grandes pensées du paysage. Elles étaient fortes et précises, tangibles sous ma main, dans mon âme, et cependant ne nuisaient point aux rêveries vagues et profondes qui se lèvent des pierres historiques et des forêts illimitées. Sous les arceaux du couvent, des grands bois et des burgs, j'entendais les cloches des églises et les clochettes des vaches. Tout chantait la durée du mont et la rapidité du passant. Messes incomparables ! J'aurai dans l'âme jusqu'à ma mort les prairies de Sainte-Odile, la délicatesse de leurs colchiques d'automne et la volonté des morts qu'ils recouvrent. Mais je me répétais, dans cet extrême délice, qu'une tradition, par elle-même, n'est qu'une fleur, — une « veilleuse », comme nous appelons en Lorraine le colchique, — une veilleuse des morts, s'il ne surgit pas une volonté vivante qui donne au verbe une chair.

J'avais vu monter de la plaine des promeneurs, hommes, femmes, enfants, pour la plupart des Alsaciens, et, certes, bien loin qu'ils fussent des vaincus, leurs manières d'être témoignaient de solides et nobles habitudes et une grande confiance en eux-mêmes. « Il ne serait point difficile, me disais-je, que de telles gens se dévouassent sur les champs de bataille, dans les armées de la France, mais chaque jour, chacun de ces Alsaciens, pris comme il est par des intérêts positifs, peut-il trouver en soi une dose suffisante d'énergie pour combattre le germanisme ? » Au soir, le soleil allant bientôt disparaître, je me trouvais, sous le Mænnelstein, au milieu des sapins, dans le kiosque qui domine la route de Sainte-Odile à Barr. Soudain y pénétra une section du Club vosgien allemand qui avait déjeuné au monastère et qui redescendait. Ces gens avaient copieusement goûté les petits vins d'Alsace. A leur tête marchait une « frau-major », la femme d'un commandant, petite et ronde, et suspendue au bras de son mari, un colosse, assez en peine, lui-même, de marcher avec la dignité qui convient à son grade. Entrés avec de grands cris, ils se turent, tous, émerveillés par la beauté du spectacle : à leurs pieds, le vallonnement, la profondeur des bois interminables, et, dans le lointain, sous un soleil rouge, toute la bonté de la plaine d'Alsace. Alors la grosse commandante se jeta au cou de son mari, et des larmes, de vraies larmes d'enthousiasme et de boisson coulaient des yeux de cette Walkyrie :

— Ah ! Fritz ! Fritz ! s'écriait-elle ; quelle province tu conquis !

Or, je me demandais, regardant cette troupe : « Quelle chose est-il dans vos projets de faire avec notre pays que nos pères ont aménagé ? Et lui-même, si vivace, bien qu'il se taise, quel pain fera-t-il de votre pâte barbare ? »

A ce moment la seconde porte du chalet, celle qui mène sur Barr, s'ouvrit et M. Ehrmann entra au milieu de nous. Cette fois, nous ne pouvions pas nous éviter. Nous remontâmes ensemble jusqu'à Sainte-Odile, où le jeune Alsacien me dit qu'il demeurerait quelques jours. Je me rappelle que nous avons causé de choses indifférentes. Je pressentais bien que ce jeune homme pourrait me faire avancer dans la connaissance du problème alsacien-lorrain, mais je ne voyais pas de convenance à lui présenter mes idées dans le système où je venais de les grouper. Et pourtant, ce procédé de concevoir nos expériences propres comme des accidents de l'histoire éternelle de notre nation, un peu pédant aux yeux des Parisiens, est, je crois, très approprié à des esprits formés sur la frontière franco-allemande.

VIII

Un Héritier

Le lendemain, par une claire après-midi, nous descendîmes vers les deux châteaux d'Ottrott. Je disais à M. Ehrmann quel plaisir je venais de prendre dans cet automne de Sainte-Odile. Il m'écoutait comme un amant à qui vous louez son amie et qui trouve qu'en bonne justice, il faudrait hausser de ton chacune des épithètes.

Les Lorrains passent, en Alsace, pour aimer peu les Alsaciens. Il y avait entre nous, non pas de la méfiance, mais une sorte de réserve. Je crois qu'il me faisait subir un examen. Sa jeune figure guerrière me plaisait tant, que je voulus vaincre cet embarras de notre sympathie.

— En Alsace, lui dis-je, plus encore que la plaine et les bois, j'aime l'énergie des caractères... Notre Lorraine, sous l'action des Allemands, ne se reniera pas. Mais quoi ! elle subit. Vous autres, vous avez de magnifiques réactions. Un exemple : au café des « Variétés », à Strasbourg, un samedi, vers le temps de Pâques, j'ai vu une belle bataille, monsieur Ehrmann.

Je posai amicalement ma main sur son épaule.

— Ah ! vous y étiez ? me dit-il.

Il eut une forte hilarité de jeune héros, au souvenir d'une si bonne soirée et cependant une gêne d'avoir compromis sa respectabilité de docteur.

— Monsieur Ehrmann, repris-je d'un ton détaché qui semblait peu tenir à la réponse et lui permettait, si elle le gênait, d'éluder ma question, monsieur Ehrmann, pourquoi diable restez-vous en Alsace, où vous devez souffrir ?

Si hardi que je me jugeasse moi-même, je ne dus pas le surprendre, car il avait toute prête sa formule de riposte.

— Je suis un héritier ; je n'ai ni l'envie, ni le droit d'abandonner des richesses déjà créées.

Il désigna la plaine qu'à cette minute, nous dominions depuis le pavillon de l'Elsberg, et il se frappa la poitrine. Il indiquait des richesses en dedans de lui et des richesses autour de lui.

L'accent, le geste et la formule m'émurent d'admiration. C'est une délicieuse surprise, si des jeunes gens qu'on allait juger sur leurs manières, qui sont apprises et mal adaptées encore à leur être profond, nous laissent soudain entrevoir une riche et noble personnalité. Je reconnus, après toutes mes abstractions de Sainte-Odile, un véritable homme, non plus de la philosophie alsacienne, mais un Alsacien en chair et en os, que je pourrais peut-être comprendre, en m'y prenant bien. Aussi, quand M. Ehrmann commença de causer, je

me gardai de l'interrompre, voire de sembler trop attentif ; il pensait tout haut et je craignais que la plus légère critique ou même une approbation empêchât de s'épandre une magnifique sincérité.

— J'ai voyagé plusieurs fois en France, disait-il. Tout m'y semble doux et civilisateur. J'y sens une constante supériorité. J'admire et je suis à l'école. Mais beaucoup de ces belles leçons ne peuvent pas me profiter. Ici, dans les promenades, que je fais pour la centième fois, je suis assailli par des discours qui sortent de la terre, à l'adresse du jeune Paul Ehrmann. Tout m'importe, en Alsace, les cultures, les usines, même les auberges : je suis content que vous aimiez les promenades de Sainte-Odile et je regrette qu'on vous nourrisse mal au couvent... Mes phrases me desservent si je me donne une couleur de vaniteux. Mon sentiment exact, c'est celui du manœuvre né

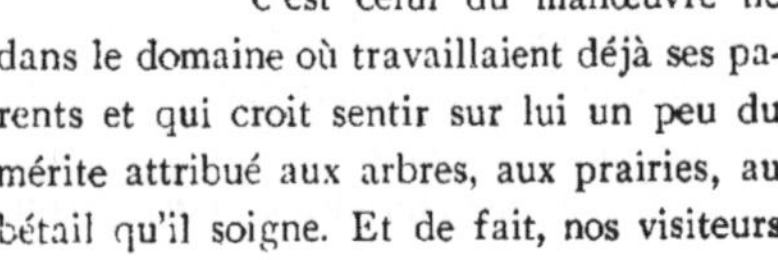

dans le domaine où travaillaient déjà ses parents et qui croit sentir sur lui un peu du mérite attribué aux arbres, aux prairies, au bétail qu'il soigne. Et de fait, nos visiteurs français qui voient la gloire de l'Alsace, en conçoivent quelque estime pour chacun de nous. Mais si je vais à Paris, ou même à Nancy, on raillera mon accent, et l'on m'en voudra peut-être parce qu'il a fallu caser ceux qui optaient pour la France. Ici, je suis à ma place. J'ai déjà bien parcouru l'Alsace, et je sais parler aux gens de toutes les classes. En Alsace, mais en Alsace seulement, je puis, au hasard de ma route, aborder les petites gens ; je suis sûr d'être des leurs ; je prendrai même sur eux une certaine autorité. Mon père est beaucoup estimé dans le Haut-Rhin ; j'ai des parents un peu partout ; on connaît notre nom. Moi même j'ai déjà commencé à rendre des services. Mon pays est un champ d'activité à ma taille.

Tout de même, sur le mot « service », je crus pouvoir sourire :

— En effet, dis-je, vous tapiez allègrement sur vos Prussiens. »

— Cela, dit-il avec une certaine sécheresse, c'est de l'amusement.

En vain j'essayai de le remettre dans sa voie de confidence. Je venais de faire une faute, car beaucoup d'Alsaciens

IL MARCHAIT EN SILENCE DEVANT MOI DANS LE PETIT SENTIER.

sont très susceptibles. Il marchait, en silence, devant moi, dans le petit sentier.

Cette descente de l'Elsberg sur les roses châteaux d'Ottrott, que les rayons d'un soleil jaunâtre illuminaient dans la verdure, est un des plus gracieux décors de Sainte-Odile. Arrivés à la maison forestière, nous nous assîmes en plein air, aux longues tables de bois. Une jeune femme massive et plutôt sale nous apporta du miel et du café au lait. Elle avait accueilli M. Ehrmann avec un sourire aimable sur sa forte face rustique, mais elle avait vite retrouvé son indifférence, son assoupissement de bétail. Aussi, je m'étonnai quand elle refusa notre argent.

— N'insistez pas, me conseilla mon compagnon. Ça lui fait plaisir de nous traiter. Achetez-lui seulement quelques cartes postales ; il faut développer chez nos Alsaciens la disposition à bien accueillir les Français.

Quand nous fûmes sous le bois, je demandai à M. Ehrmann s'il connaissait beaucoup cette bonne femme.

— Tout à l'heure, me dit-il, je vous ai fait sourire, en indiquant que j'ai commencé à rendre des services. Notre manière d'énoncer les choses tout crûment semble aux Parisiens, à la fois naïve et orgueilleuse, c'est-à-dire ridicule. Je n'avais pourtant pas l'idée de m'attribuer un mérite. Si je suis médecin, c'est naturel que je rende des services. Eh bien ! il est arrivé qu'ici, d'une manière assez extraordinaire, j'ai sauvé cette femme. Ce que j'aime dans cette circonstance, ce n'est point qu'étant très jeune, et pas encore docteur en titre, j'aie pu mener à bien une cure. Ce qui me satisfait, c'est d'avoir sauvé ces forestiers malgré eux, contre eux, de vive force, et, non point, certes, pour leur plaire, mais parce qu'il faut courir toujours là où l'on voit la vérité.

Devais-je trouver mon compagnon insupportable ou sympathique, pour cette étrange manière qu'il avait de parler, comme si l'ironie n'existait ni en lui, ni chez les autres ? Je le priai de me raconter, en détail, son aventure.

— Il y a une année environ, — c'était peu avant que je fisse votre connaissance en Lorraine, — je descendais de Sainte-Odile. Comme je passais devant la maison où nous venons de goûter, je vis des gens affolés.

« Le mari (c'est un garde forestier privé, un naïf paysan, un peu brute et bébête) criait : « Ma femme va mourir ! »

Sa vieille mère hurlait. Ils n'avaient avec eux qu'un enfant de trois ans. L'homme ne se décidait pas à descendre sur Ottrott. A quelle heure, en effet, aurait-il ramené le docteur ? Je lui dis : « Moi, je suis médecin, nous allons tâcher de vous être utile. »

« J'entre. Un filet de sang coulait du lit où la femme gisait. Une forte hémorrhagie. Je dis à la mère de faire bouillir rapidement de l'eau. J'enlève ma veste, mon col, je retrousse mes manches. Je ne vais pas vous décrire mes soins. J'indique au mari comment il doit m'aider à placer sa femme et puis à la tenir. Il était blême, et la mère à moitié folle. La malade hurlait. « Je vous prie, madame, lui disais-je, soyez patiente ; c'est pour votre bien : sans quoi vous allez mourir. » Mais voilà que, sur un flot de sang, la mère lâchant la jambe s'évanouit, et que le mari étreint sa femme : « Ne t'en va pas, criait-il. » Et à moi : « Brute, assassin ! vous êtes le diable, vous tuez ma femme ! » Sans arrêter mes soins, je lui donnais des ordres, en m'appliquant à garder mon calme et mon autorité. Il veut m'arracher du chevet. De la main gauche, je le repousse violemment. Il se précipite dehors et revient, au pas de course, avec une hache. Je me lève, j'empoigne une chaise et la lui lance sur la figure. Je saisis sa hache, je le prends lui-même par les épaules et je le jette dehors. Je tourne la clef de la porte et je cours fermer la fenêtre. Puis, je vais à la cuisine m'assurer que l'eau continue à bouillir. Il fallut que je me lavasse une seconde fois. Mon homme donnait de formidables coups de pied dans la porte. Vivement, en dix minutes, j'avais terminé mon opération et lavé toute ma patiente. Alors, je trempe une serviette dans l'eau froide et très violemment, je frappe dans la figure de la mère qui revient de son évanouissement. « Allons ! lui dis-je, donnez-moi un drap frais ; nous allons recoucher proprement votre fille. »

« J'empoigne la malade et la dépose sur

disait la vieille, est-ce pour sûr ? » — « Oui, bonne femme. » — Alors la vieille tombe à genoux et remercie le ciel. C'est une chose très jolie, à laquelle nous assistons souvent.

le plumeau. Nous retournons le matelas, nous changeons la lingerie. — « Avez-vous une liqueur forte ? » — « Nous avons de la bonne myrtille. » — Après qu'elle a bu une gorgée, la malade reprend ses esprits dans son lit refait. — « Eh bien ! madame, vous êtes sauvée. » — « Monsieur le Docteur,

« Déjà le sang de la malade se refaisait. Elle entr'ouvrit ses yeux. C'était une bonne créature. A demi évanouie, elle avait suivi toute l'opération et maintenant, son regard et sa main qui cherchait la mienne me remerciaient.

« — A cette heure, dis-je à la mère, nous

allons laisser entrer le mari. » Nous le vîmes sur un tas de fumier, juste en face de la porte, pleurant à chaudes larmes. La vieille lui cria : — « Arrive donc ! Louise est sauvée. » — Il fut, du même bond, debout près de nous. Du seuil, il rit à sa femme qui le regardait gentiment. Il courut sangloter sur le lit. Rien n'est comique comme les maris qui ont failli perdre leur femme. On dirait des enfants, pour leur manière de témoigner leur affection. D'ailleurs, ils exaspèrent le médecin, parce qu'ils dérangent la malade. Celui-ci avait la grande émotion d'une brute. Il répétait :

« — Dire que j'ai failli la perdre ! » — Je l'invitai à ne pas écraser sa femme. Il se rappela ma présence. — « Monsieur le Docteur, qu'est-ce que j'ai fait ? Pardonnez-moi ! »

« Je désirais boire un petit verre de myrtille. Ils prétendirent que j'emportasse la bouteille entamée et encore une toute neuve....... Et quand je passe ici, comme vous avez vu, ils m'offrent une tasse de café. »

— Tout de même, cher monsieur Ehrmann, cette créature qui était perdue, sans le hasard de votre passage, elle semble un peu morne. Ne devrait-elle pas danser de joie et de gratitude, sitôt que vous apparaissez à l'issue du sentier !

— Voilà une réflexion qui n'a rien de médical. Nous connaissons la marche, l'heureuse marche des choses, et qu'à mesure que revient la santé, tous les souvenirs de la maladie s'effacent. Sur le premier moment, on nous baise les mains, nous sommes des dieux ; six mois après, quand nous envoyons notre note, on nous trouve importuns. Je ne pense pas qu'aucun de nous, s'il est amoureux de sa profession, travaille pour conquérir la

reconnaissance du malade. Ici, d'ailleurs, il faut considérer la rudesse naturelle de ces gens qui vivent dans cet écart, qui gravissent la montagne à pleins fourrés, qui continuellement, vont plus loin que leurs forces physiques, qui marchent tout endormis, lourds, insensibles, négligents : des brutes ! mais quelle belle réserve de force, ces gaillards et ces gaillardes ! Tous leurs remerciements vaudraient moins pour me réjouir que la solidité de cette belle femelle qui, grâce à mon intervention, a été conservée à la montagne de Sainte-Odile. Et puis, comptez-vous pour rien, mon plaisir à moi qui, dans mon cinquième semestre, ai pu me débrouiller sans instrument ?

Je reconnus à ces phrases un homme qui savait se tenir au-dessus de ses actes. Je n'aime causer qu'avec ceux-là. Si M. Ehrmann manquait d'esprit, il ne manquait point de portée. Il y avait dans cette histoire vulgaire de la sérénité, de la solidité et, pour tout dire, une dignité qui ressemblait à de la poésie.

Maintenant, je n'étais plus gêné d'interroger M. Ehrmann parce que je voyais que je ne le mettrais jamais dans le cas d'avouer des choses basses. Je lui posai nettement la difficulté.

— Vive l'Alsace ! monsieur Ehrmann, mais il y a la France ! Je crois comprendre et je respecte votre patriotisme alsacien. Laissez pourtant que je vous demande si vous demeurez tant soit peu Français, dans quelle mesure, et ma foi ! monsieur, par quel expédient ?

J'étais las de regarder les images de l'automne et de me tenir dans l'abstrait de l'histoire. Le jeune docteur Ehrmann me donnait l'occasion de connaître l'âme d'un fils de Français au service de l'Allemagne. J'allais, dans une jeune conscience mystérieuse, recueillir une pleine brassée de faits.

Tout le reste de la journée, M. Ehrmann me raconta ce qu'est la France pour un petit garçon de la bourgeoisie alsacienne.

— Je suis né, disait-il, au Logelbach, près de Colmar, en 1880. Ma mère mourut à la naissance de mon frère, quand j'avais quatre ans. Mon père est directeur d'usine. Avec les quinze mille francs qu'il gagne, nous avons toujours mené une vie large. Les besoins sont si peu compliqués dans la bourgeoisie travailleuse d'Alsace! Mais à sa mort, nous trouverons des tiroirs vides.

La nécessité de garder l'emploi qui le fait vivre expliquerait déjà que mon père

AU RETOUR, DANS LES BOIS ALSACIENS, NOUS LES PORTIONS A NOS CHAPEAUX ET NOUS CHANTIONS LA « MARSEILLAISE ».

soit demeuré en Alsace après la guerre. Pourtant, il s'y décida sur une raison d'ordre moral. L'émigration, prétend-il, est encore plus funeste à l'Alsace que la bataille de Frœschwiller. Il prévoit avec chagrin qu'un jour nos usines tomberont aux mains des Allemands, qui auront tôt fait de germaniser l'esprit des ouvriers. Voyez Mulhouse : dès maintenant, les fils d'industriels étant passés en France, plusieurs industries sont devenues allemandes. Depuis que je suis au monde, j'entends dire et redire : « Il faut rester au pays, ne soyons pas, comme en 70, des soldats pleins de cœur avec une mauvaise idée directrice. Ce n'est pas une conception juste d'aller en France, nous n'avons rien à y faire d'indispensable. Notre devoir d'Alsacien est en Alsace. » Mon père a toujours voulu que mon frère cadet lui succédât et que moi, je m'établisse médecin à Colmar. Un médecin et un directeur d'usine, dans l'ancienne Alsace, plus encore qu'aujourd'hui, c'étaient des notables : mon père veut engager ses deux fils dans la digue contre les Allemands.

Vous connaissez Colmar, Monsieur, vous avez visité le musée dans le couvent des Unterlinden et, dans la cathédrale, la Vierge aux Rosiers de Martin Schœngauer. Mais un passant peut-il sentir ce qu'a cette vieille petite préfecture française pour un garçon qui, toute son enfance, a joué indéfiniment sur la place des Tilleuls, quand les femmes lavent leur linge et que le soir tombe.

En famille, nous nous servions de la langue française, et comme d'autres classent les gens sur la fortune, les décorations ou les titres, nous jugions nos compatriotes d'après la langue qu'ils parlaient. C'est une idée commune à tous les Alsaciens que la connaissance du français est une aristocratie. J'ai appris à lire dans une *Histoire de France* par Bordier et Charton, remplie d'images sur bois qui vivent dans mon âme profonde : symboles vénérables, autour desquels je classe toutes mes connaissances. Nous vivions avec des pères, des mères, des sœurs, des cousins d'officiers français. Parfois, au 14 juillet, ils allaient à Belfort serrer la main de leur parent. Je causais des campagnes de 70, du Mexique, d'Italie et de Crimée, avec un tas de vieux soldats, nos ouvriers. Si loin que je recule dans mes souvenirs, j'entends mon père me raconter l'épouvante que ce fut dans Colmar quand on sonna le tocsin pour la défaite de Wœrth. Tout petit, j'avais l'impression d'avoir souffert pour la France.

A cinq ans, j'allai chez une personne qui, sous prétexte de « garder » les enfants, leur enseignait l'orthographe française. Elle n'en avait pas le droit. Elle fut dénoncée, et je vois encore comme elle pleurait de ne plus pouvoir gagner son pain. La loi nous oblige, dès notre sixième année, à fréquenter une école de l'Etat. Je suivis les classes du gymnase de Colmar. Mais, avec cinq de mes camarades, je prenais des leçons chez un ancien maître du lycée français. Un jour, on frappe à la porte. Le pauvre maître, avant de tirer les verrous, nous presse de cacher nos cahiers et nos plumes. Mais comment justifier autour de cette table, cinq petits écoliers, les doigts tachés d'encre ! Comme l'institutrice, le professeur pleura.

Il y eut en Alsace des perquisitions pour découvrir les membres de la « Ligue des patriotes ». Le père d'un de nos condisciples fut pris. Quand l'écolier, le lendemain, arriva en classe, le maître l'invectiva : « Ah ! vous pouvez vous vanter d'avoir un joli papa ! C'est un scandale qu'un sujet allemand se permette une trahison envers sa patrie. Votre père est une canaille, et s'il ne tenait qu'à moi, je le ferais pendre haut et court !... » Ce flot d'injures coula longuement devant nous tous qui, Allemands et Alsaciens mêlés, avions de huit à neuf ans. Le fils de la « canaille » pleurait à chaudes larmes, et ses camarades étaient empoisonnés de fureurs diverses. — Croyez-vous qu'après une scène pareille un petit garçon demeure exactement le même être?

Nous sommes de grands promeneurs en Alsace. Un jour (je n'avais pas dix ans), après avoir goûté dans la montagne avec mes amis, nous inscrivîmes sur le registre de l'hôtel, au-dessus de nos signatures, des phrases puériles. « Montés ici par un très beau temps, avons aperçu le faîte des Vosges » et puis, à côté : « Vive la France ! » Un Allemand nous dénonça au directeur du gymnase et ce fut une grosse affaire dont mon père eut du désagrément.

Une autre fois, avec des garçons un peu plus vieux que moi, j'allai en France jusqu'à Gérardmer. Nous achetâmes des rubans et des cocardes tricolores. Au retour, dans les bois alsaciens, nous les portions à nos chapeaux et nous chantions la *Marseillaise*, quand nous fûmes croisés par des Allemands de Colmar. Le lendemain, le directeur du gymnase nous accabla d'injures et de punitions, et il nous fallait croiser dans les rues de la ville nos dénonciateurs qui étaient des gens considérés.

Ces images de mon enfance me font mal. Nous autres, jeunes bourgeois alsaciens, nous avons grandi dans une atmosphère de conspiration, de peur et de haine et dans la certitude de notre supériorité de race. Voilà qui explique notre amour de la France. C'est un amour avec obstacles : un perpétuel ressort et notre beau secret.

A dix-sept ans, je commençai mes études médicales à Strasbourg. J'y fus, je crois bien, dans la situation d'un jeune provincial français qui s'inscrit à l'université de sa région. J'ai été privé de l'atmosphère éducatrice de Paris, mais la culture d'outre-Rhin a glissé sur mon esprit et les étudiants allemands m'ont déplu jusqu'à m'irriter. Nous nous sommes instinctivement rejetés.

La grande, la terrible épreuve, ce fut de me soumettre à la loi militaire allemande.

La volonté de mon père m'avait convaincu sans discussion de demeurer au pays sous le toit familial ; j'avais formé mon sentiment intérieur, mais je n'avais pas eu l'occasion de m'affirmer, de me renier ou de trouver une conciliation entre mon âme française et le fait allemand. Ma vie jusque-là n'avait été qu'un prologue : en octobre 1902, — peu de jours après notre rencontre de Marsal, — le drame commença.

Arrivé à ce point de son récit, M. Ehrmann s'arrêta. Plus tard, j'ai reconnu qu'il se cabrait à l'idée de se faire voir avec un casque à pointe sur la tête. Mais je le pressai de parler :

— Je vous en prie, ne nous embarrassons point de difficultés conventionnelles. Permettez à un Français de vous interroger et d'étudier sur les faits la vérité alsacienne. Vous me dites que votre cas n'a rien que d'ordinaire. Je l'espère bien. C'est par là qu'il m'intéresse au plus haut point. Vous êtes un échantillon de grès que je détache du rocher vosgien.

Et je me rappelle qu'avec ma canne, je frappai vivement sur le dur sol de Sainte-Odile.

M. Ehrmann prolongea ses difficultés. Je vis avec étonnement ses scrupules, presque ses timidités. En présence d'un Français, son service allemand le ravageait comme un cas de conscience. Il craignait que je ne trouvasse qu'il n'avait pas assez souffert.

— Car vous savez, me dit-il, le volontariat des Allemands est beaucoup plus doux que le service des dispensés en France. Comme étudiant en médecine, après six mois de service, je devais être libéré, pourvu que je n'encourusse pas de prison. Durant ce semestre, j'allais habiter en ville, dans mon appartement ; je viendrais à la caserne pour y faire mon instruction militaire, à peu près comme l'étudiant se rend à son cours, et je serais considéré comme un futur officier... Officier allemand ! Au fond de mon cœur, je refusais ce privilège : un volontaire aïsacien n'accepte du service que l'inévitable. Il porte en soi une protestation perpétuelle, et c'est ce refus intérieur qui fait d'un service matériellement supportable, une contrainte humiliante et, parfois, presque dégradante ; du moins, nous le croyons, car le rude orgueil alsacien accepte mal les honnêtes hypocrisies nécessaires : pour une âme ardemment française, quel tourment s'il faut qu'elle s'associe, par tous ses gestes extérieurs, à la préparation contre « l'ennemi héréditaire. »

Enfin, je gagnai la confiance de M. Ehrmann, au point qu'il prolongea son séjour à Sainte-Odile, et dans plusieurs conversations, il me fit connaître par le détail les sentiments d'un jeune bourgeois alsacien au service de l'Allemagne.

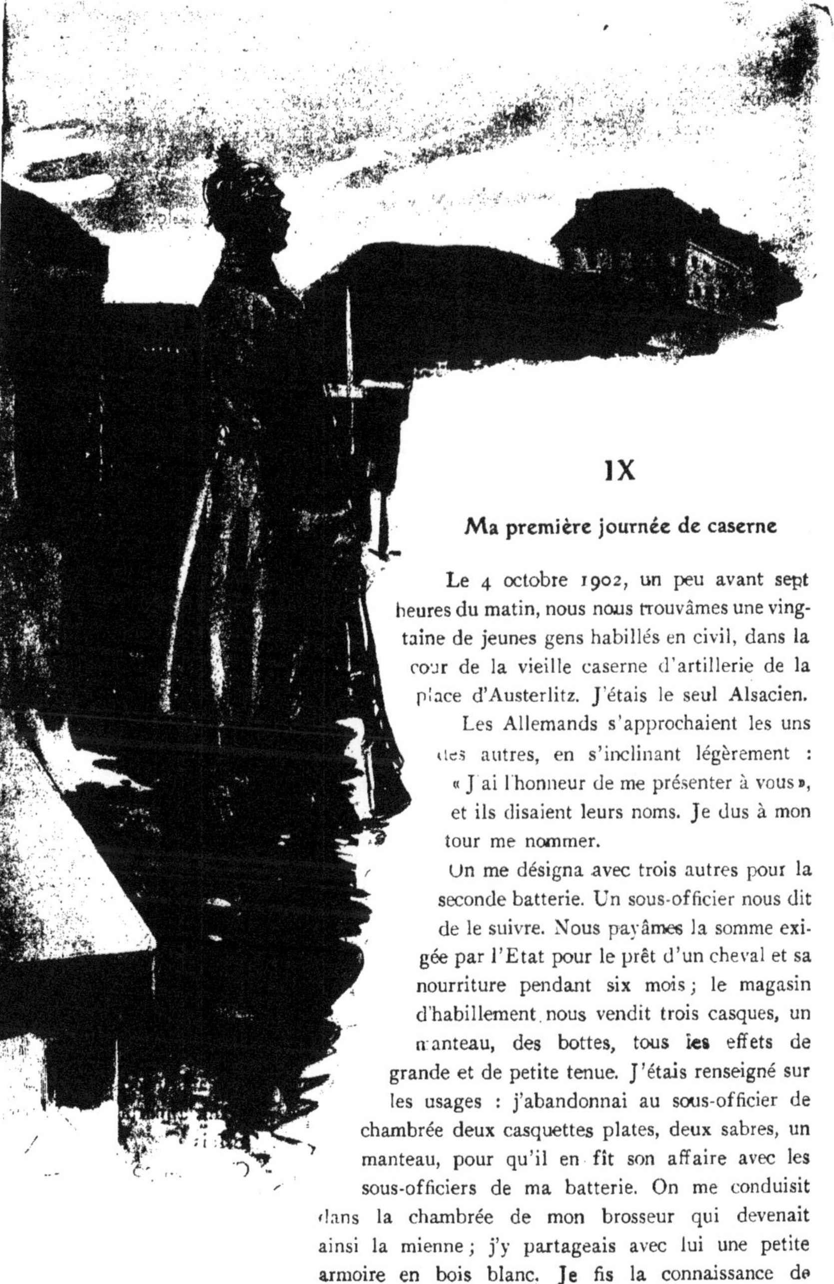

IX

Ma première journée de caserne

Le 4 octobre 1902, un peu avant sept heures du matin, nous nous trouvâmes une vingtaine de jeunes gens habillés en civil, dans la cour de la vieille caserne d'artillerie de la place d'Austerlitz. J'étais le seul Alsacien.

Les Allemands s'approchaient les uns des autres, en s'inclinant légèrement : « J'ai l'honneur de me présenter à vous », et ils disaient leurs noms. Je dus à mon tour me nommer.

Un me désigna avec trois autres pour la seconde batterie. Un sous-officier nous dit de le suivre. Nous payâmes la somme exigée par l'Etat pour le prêt d'un cheval et sa nourriture pendant six mois ; le magasin d'habillement nous vendit trois casques, un manteau, des bottes, tous les effets de grande et de petite tenue. J'étais renseigné sur les usages : j'abandonnai au sous-officier de chambrée deux casquettes plates, deux sabres, un manteau, pour qu'il en fit son affaire avec les sous-officiers de ma batterie. On me conduisit dans la chambrée de mon brosseur qui devenait ainsi la mienne ; j'y partageais avec lui une petite armoire en bois blanc. Je fis la connaissance de mon cheval et du brosseur de mon cheval.

Ces longues stations et ces attentes debout dans l'humidité sont fatigantes, surtout si l'on a les nerfs en révolte.

Je ne pus prendre sur moi de me joindre à mes trois « camarades » quand ils m'avertirent qu'il serait sage d'offrir un verre aux sous-officiers.

A onze heures, un volontaire me dit :

—Nous allons boire un

partirent ensemble et déjà ils étaient liés. Je regagnai ma chambre. Je me sentais comme une île douloureuse au milieu d'un brutal océan d'indifférence. Si j'avais été soldat en France, j'aurais eu dans ma chambrée des compagnons un peu jaloux, défiants, désagréables, c'est possible ! et aussi des sous-officiers raides et contrariants ; mais je crois que j'aurais trouvé en moi-même une bonne humeur, une qualité de vie supérieure et entraînante pour fondre toutes les préventions : celles des autres et les miennes propres. J'aurais été si évidemment un soldat de bonne volonté et un compagnon désireux de plaire, qu'entre nous tous, il se serait créé un lien fraternel. Ou bien encore, je me serais convaincu que j'étais à mon propre service, que je collaborais à la puissance de la France, et dans des petitesses sainement interprétées, j'aurais voulu voir des grandeurs.

Ces réflexions me tinrent lieu de déjeuner.

A deux heures après midi, les volontaires des différentes batteries étant réunis dans la grande cour, le lieutenant apparut pour la première fois.

C'était un petit lieutenant à peine majeur, rose et joufflu, les cheveux ras, très raide et très sanglé. Il se promenait en caressant une moustache claire

verre de bière et puis nous déjeunerons.

Je m'excusai de ne pouvoir les suivre. Ils

dont la pointe, trop dardée sous le nez, lui donnait un drôle d'air. Ses gants, ses manchettes et son col très haut émerveillaient par leur blancheur sur l'uniforme sombre. Certainement il jouissait de nous montrer sa suprême élégance militaire. Mes compagnons l'admiraient beaucoup. Eux et lui servaient le même idéal.

Tous ces gens-là étaient emboîtés dans le même ordre social. Notre lieutenant était exposé à fréquenter les familles de ces volontaires, à faire danser, voire à épouser leurs sœurs : aussi était-il enclin à se montrer homme du monde ; mais en même temps il prenait un ton rude, parce que c'est une habitude traditionnelle, parce qu'il devait s'imposer à plusieurs d'entre nous qui étaient ses aînés, et enfin parce qu'il entendait réagir contre la secrète mésestime des hommes d'étude pour les militaires.

Sa première phrase fut sèche :

— C'est moi qui suis chargé de faire votre instruction. Je pense que nous nous entendrons bien. Nous allons commencer par vous enseigner le salut.

Un énorme maréchal des logis, aux yeux infiniment bleus, l'assistait. Pour se donner de l'autorité, il bombait sa poitrine, ce qui ne l'empêchait point de paraître bossu, car ses omoplates saillaient dans son vaste dos. Ce géant osseux à la grosse moustache broussailleuse semblait puéril à cause de son inhabileté à manier ses formidables mains et ses pieds. Il avait mis cinq ans à gagner son grade ; quel ton devait-il prendre avec ces inférieurs riches et instruits, qui allaient devenir si rapidement officiers ? Il était irrité contre ces heureux volontaires, en même temps qu'intimidé par le petit lieutenant qui le surveillait en se pavanant : de là, un zèle maladroit et de la dureté.

Nous apprîmes à saluer, puis il y eut des exercices de marche et d'assouplissement, enfin une heure d'équitation. J'avais le sang à la tête, j'étais affaibli de n'avoir pas déjeuné, mais dans mon extrême malaise, mêlé de froid et, le dirai-je, d'une étrange peur confuse, je m'efforçais de me dominer, de ne pas me mettre en colère, d'être attentif à tous ces exercices de clowns que nous recommencions indéfiniment. C'était un orage dans mon cœur. Parfois, car je suis violent de caractère, j'admettais de rompre brusquement ce cauchemar. « Ai-je vraiment bien fait, me disais-je, de rester en Alsace ? Supporterai-je cet esclavage ? » J'aurais voulu réfléchir à ma misère ; cet homme qui la créait m'en détournait. De minute en minute, j'entendais sa voix :

— Volontaire Ehrmann, vous n'êtes plus, ici, dans la vie civile ; tâchez de faire attention.

Je calculais que cet être déplaisant jouis-

sait de se sentir armé de pleins pouvoirs, et que ma révolte ne montrerait rien que l'impuissant soubresaut d'une âme trop débile.

Ce long exercice, auquel mes muscles n'étaient pas assouplis et contre lequel je me cabrais, me mit au point que je pensai à me déclarer malade. Je demeurai pourtant au service d'écurie, où l'odeur des chevaux, les lampes fumeuses, la grossièreté des soldats, la rude voix du fourrier portèrent au paroxysme ma nausée.

Vers neuf heures du soir, harassé de fatigue et sans doute d'inanition, je quittai la caserne et regagnai ma chambre.

J'enlevai, j'arrachai mon uniforme pour m'habiller en civil.

Telle était mon horreur de mon nouvel état que je pensai à M. Le Sourd pour lui donner raison. Il me sembla que j'avais méconnu où était la vraie virilité. Je vis mon devoir dans la désertion. Je commençai à garnir de vêtements et de linge une valise. L'Orient-express traverse Strasbourg à minuit vingt ; en une heure, sans risques réels, il me mènerait à la frontière. J'allais être à Lunéville, libre de toute contrainte, la poitrine dégagée, jouissant de la beauté du monde, rendu à ma dignité aussi bien qu'à ma véritable patrie. Cette perspective m'enivrait plus qu'une convalescence. J'étais le noyé qui repousse le fond où les herbes, quelques secondes, le retinrent.

Mon premier soin serait d'écrire à mon père... Mais cette lettre, puisque je disposais de trois heures avant le départ du train, j'allais la rédiger. Je la déposerais à la boîte même de la gare.

Une véritable fièvre me dictait mes mots et mes phrases ; il ne me fut pas difficile d'exprimer avec force mon horreur de cette nauséabonde journée ; mais une réflexion me gêna, c'est que mon père et moi, nous n'avions jamais supposé que cette caserne pût m'être agréable, et cependant les raisons d'y entrer nous avaient paru les meilleures. Je vis bien qu'il ne suffisait pas de dire : « Je vais passer six mois abominables. » Je devais, en outre, lui démontrer que nous nous étions exagéré les inconvénients d'une désertion.

Mon père, dans la vie, n'admet pas le ca-
price. S'il me plaignait d'être soldat allemand, jamais il n'accepterait que j'eusse,
d'un coup de tête, abandonné l'Alsace et
ruiné son projet de m'établir médecin à
Colmar.

J'ai vu des fa-
milles s'a-

Nul moyen de nier ce fait : à minuit
vingt, sitôt monté dans l'Express-orient, je
sortais pour toujours de l'Alsace et de ma
famille. Mon père me soutiendrait-il en
France? Je n'y comptais guère. Il aurait
d'abord à payer une
lourde amende...
Eh bien, je

cheminer en groupes, à de certains jours,
vers Belfort, Bâle, ou Nancy. « Où allez-
vous ? » leur disait-on. « Nous allons voir
le fils qui a passé la frontière. » Deux années, trois années, cinq années, on reste
fidèle à ce pèlerinage ; puis la vie efface les
traits ; on devient des étrangers.

m'embarquerai... Repris par de vieux rêves aventureux, je me voyais médecin
sur un vaisseau. Mais là encore, un obstacle.
La loi française m'oblige à refaire en France
toutes mes études médicales, échelon par
échelon, et même il faut que je passe les
baccalauréats...

L'effort ne m'effraye pas, et, d'instinct, j'aimerais les risques, mais je suis de ces gens qui naissent constructeurs : j'éprouve une invincible répugnance à détruire quoi que ce soit. Je pensai que j'avais déjà posé de solides blocs pour l'édifice de ma vie et que, dans une minute, j'allais tout jeter bas. Sur un inconvénient personnel, j'allais ruiner une édification sociale, une famille.

Un vrai désespoir moral vint accroître la fureur physique dont cette journée m'avait empli...

C'est alors que mes yeux tombèrent sur une lettre que le facteur avait apportée dans la journée. Je l'ouvris sans curiosité ; elle était de Mme d'Aoury. Je me rappelle exactement ses paroles, parce que, bien des fois, au cours de ce semestre, je me les suis répétées : « Monsieur, m'écrivait-elle, je viens vous donner des nouvelles de votre adversaire. Il est guéri. Je sais que c'est le jour où vous entrez au régiment, je tiens à vous assurer de notre sympathie dans cette épreuve d'où vous sortirez certainement avec succès. »

Ce que j'éprouvai ne peut être compris que si l'on se représente dans toute sa force mon angoisse. Vous n'imaginez pas le bien que cela fait, quand on se sent un prisonnier abandonné aux Allemands, de recevoir un mot de sympathie française.

« Je tiens à vous assurer de notre sympathie dans cette épreuve d'où vous sortirez certainement avec succès. » Cette dernière phrase, si claire et si modérée, alla très profond dans mon âme pour y ébranler ma fierté.

Si je passe la frontière, pensai-je, et si je vois à Paris Mme d'Aoury, me félicitera-t-elle d'avoir modifié mon projet ? C'est possible, mais elle arrivera nécessairement à me dire : « Vous voyez, monsieur, que mon frère, sous une forme trop vive, était dans le vrai quand il vous blâmait de rester en Alsace. Aujourd'hui vous vous rangez à son opinion. » Cette phrase où je n'aurais rien à répondre me mortifierait. Je serais un petit garçon devant cette Parisienne.

L'heure du train arriva et je n'avais pas pris de décision.

Vers une heure, sans défaire ma valise et demi-vêtu, je m'enfonçai dans une espèce de sommeil brutal et désespéré.

X

Tableau de mes journées à la caserne

A quatre heures, je fus réveillé par des coups de poing dans ma porte.

— Monsieur le volontaire, il est temps !

Je sentis à la fois mon âme encore brûlante des images de la veille, et mon corps tout glacé.

— Entrez ! criai-je.

Le soldat qu'on m'avait donné pour ordonnance apparut. Il portait, sur sa face animale, une prodigieuse expression de respect.

Que cette brute fût un des instruments de ma sujétion, cela m'attendrit et courba mes épaules sous l'universelle nécessité. Je versai un verre de kirsch à cet humble vainqueur.

Nous partîmes pour la caserne dans la nuit.

En chemin, il me parla du service, et la multiplicité des petits détails me cachait mon vaste horizon d'ennuis.

A travers les couloirs obscurs, les mains devant moi, je le suivis jusqu'à la chambrée close toute la nuit, où vingt-cinq malpropres mettaient une odeur effroyable. De la porte à mon armoire ils avaient semé des écuelles, des bottes, et quand j'y trébuchai, leurs rires ignobles éclatèrent.

Parmi leurs grossières malices, j'avais l'impression d'être, pieds et poings liés, un otage de la France au plus épais de la populace ennemie.

Je changeai mon uniforme de ville contre la tenue de caserne, je chaussai de lourdes bottes et je pansai mon cheval jusqu'à sept heures du matin. C'est le moment du déjeuner ; je me précipitai à la cantine. Depuis vingt-quatre heures, je n'avais pas mangé.

Je n'ai pas l'intention de vous donner des peintures pittoresques, non plus qu'une documentation technique sur l'armée allemande. Ce que vous attendez, n'est-ce pas, c'est une lumière sur les sentiments suc-

cessifs d'un Alsacien à la caserne allemande. Vous voulez connaître ma dure ex-
périence. Il suffit que je vous dise en bref

LE SOLDAT QU'ON M'AVAIT DONNÉ POUR ORDONNANCE
M'APPARUT.

les soins monotones où s'écoulaient mes
journées.

Après le repas du déjeuner, nous eûmes
une heure d'équitation. A huit heures et
demie, je passai le pantalon aux petites
bottes courtes, et à neuf heures commença
l'exercice, terminé à onze heures et demie.

A midi, appel ; nous reprenons notre
tenue de ville.

C'est l'usage que les volontaires
d'une même batterie mangent ensemble. Les trois Allemands et moi nous
allâmes dîner à cent mètres de la caserne, dans un hôtel de troisième
ordre, *A la Ville de Bâle*. Des oc-
cupations courtes et pressées, faites pour rompre l'esprit et nous
divertir continuellement sur des
vétilles, m'avaient écarté depuis
le réveil de mon idée de désertion.
Au restaurant, je dus regarder,
entendre et suivre mes trois compagnons. Que leurs voix m'arri-
vaient lointaines !

Dès une heure et demie, chacun de nous était remonté dans sa
chambrée pour revêtir des effets
d'intérieur. A deux heures moins
le quart, les volontaires de toutes
les batteries attendaient dans la
cour ; à deux heures moins cinq,
le sous-officier nous rangeait ; à
deux heures précises, le lieutenant
instructeur survint. L'exercice, qui
dure jusqu'à quatre heures, se décom-
pose en une heure d'assouplissement
et une heure d'exercices au canon. A
quatre heures ou quatre heures et demie, une heure d'instruction. Vers six
heures, le pansement du cheval jusqu'à huit
ou neuf heures.

Toute cette deuxième journée, je fus
comme une machine, au point que je n'entendais pas les commandements. Alors, la
rude voix du sous-officier criait : « Hé, là-
bas ! le volontaire !... »

Le soir, je rentrai chez moi pour remâcher mes plans de désertion, et pour m'endormir, cette fois encore, désespérément...

J'ignore si j'éprouverai jamais autant de misère que dans ces premiers jours de caserne, mais, quoi que la vie me réserve, je suis sûr de ne plus subir une pareille démoralisation.

Ma répugnance de principe à servir l'Allemagne se doublait d'une sorte d'incapacité physique à causer avec mes « camarades ». J'éprouvais un état général de crispation et d'inquiétude haineuse, en même temps que je cédais à l'implacable nécessité d'obéir.

XI

Je me fais une raison

Aujourd'hui, quand je me reporte à ces sombres journées, j'admets que je fus follement susceptible et imaginatif. Peut-être voyais-je plus que de raison une volonté de mater l'Alsacien. Aussi bien il n'était pas très simple de démêler l'état d'esprit de mes chefs.

Le troisième jour de mon entrée au régiment, dans l'énorme cour de la caserne, les vingt volontaires, sous les ordres du maréchal des logis, apprenaient le salut. Un à un nous défilions devant l'officier. Par trois fois, il m'arrêta :

— Qu'est-ce que c'est que votre singulière façon de projeter votre bras quand vous le baissez... Mais laissez donc cette façon de cirque.

L'Allemand salue, le revers de sa main en avant, tandis que le Français présente sa main ouverte. Il y a une seconde différence, plus délicate, qui tient au tempérament des deux races : l'Allemand baisse le bras tout droit, son coude est une charnière ; voyez, au contraire, avec quelle vivacité nerveuse le troupier français rejette sa main de son képi. Mon geste à la française, un milieu de la roideur de ces jeunes Allemands, faisait un disparate.

Au reste, notre souplesse alsacienne, si frappante à côté de leur ankylose, se manifeste de mille manières, dans notre démarche plus élastique, plus cadencée, dans notre casquette qui glisse un peu sur l'oreille à la manière d'un képi, dans toutes nos réactions plus aisées, plus rapides. Les officiers allemands ne s'y trompent pas. S'ils voient passer dans la rue l'un des nôtres, ils disent : « C'est sûrement un volontaire alsacien ! » Encadrés par la France, nous atteignons aisément à l'élégance du troupier français. Dans les rangs allemands, nous contrarions cet aspect mécanique et brutal, que la tradition prussienne garde pour idéal, et notre désinvolture y choque comme une indépendance audacieuse, presque insolente.

Notre petit lieutenant ne me quittait plus des yeux.

Au bout d'une demi-heure, il cria :

— Volontaire Ehrmann !

J'avançai en courant.

— Reculez à trois pas.

Je recule et, les deux mains sur la couture du pantalon, j'attends.

— Où êtes-vous né ?

— Je suis né au Logelbach, près de Colmar, dans le Haut-Rhin, Monsieur le lieutenant.

— Que font vos parents ?

— Mon père est dans l'industrie, Monsieur le lieutenant.

Il eut un « ah ! » qui voulait dire : je comprends maintenant. On sait, en effet, que la population industrielle du Haut-Rhin est la plus patriote de toute l'Alsace-Lorraine.

— Où avez-vous étudié ?

— A Strasbourg, Monsieur le lieutenant.

— Avez-vous des parents dans l'armée ?

— Oui, plusieurs, Monsieur le lieutenant.

Il parut satisfait.

— Où sont-ils ?

— J'ai un oncle capitaine à Saint-Dié et un cousin lieutenant à Epinal, Monsieur le lieutenant. Un autre de mes cousins est lieutenant de cavalerie à Lunéville.

Il me regarda attentivement. Je demeurai froid.

— C'est bien, dit-il.

Comme je regagnais mon rang, il s'écria:

— Halte ! Remettez-vous en position. Répétez-moi ce demi-tour.

Je dus le recommencer six à sept fois, car il me laissait partir puis me rappelait. Visiblement, il prenait son plaisir à me taquiner.

Dès lors, il ne laissa plus passer la moindre incorrection sans me faire répéter le mouvement à l'infini.

Voulait-il mater l'Alsacien ? Ou bien, se voyant plus jeune que moi et me soupçonnant d'avoir été ironique, prétendait-il marquer les avantages de son grade ? Je crois qu'il obéissait à ce double sentiment.

Sous couleur de m'apprendre à faire le rapport d'une commission donnée par un supérieur, il avait imaginé de m'envoyer au pas de course — quatre, cinq fois durant l'exercice, — demander au fourrier, à l'écurie, quelle heure il était. J'y étais accueilli par des quolibets. Et toujours courant, je devais revenir, m'arrêter à trois pas, les mains sur la couture du pantalon, et dire :

— Je rapporte avec obéissance à Monsieur le lieutenant que le fourrier a indiqué comme heure, trois heures et dix minutes.

Il fallait attendre qu'il eût fait un geste : « C'est bien. »

Un quart d'heure après, il recommençait, et encore un quart d'heure après...

L'Alsacien allait-il devenir le pitre du régiment ?

Pas plus qu'à vous donner les règlemènts de la caserne, je ne songe à vous émouvoir avec les misères d'un jeune bourgeois au service de l'Allemagne. Passons sur ces humilités. Je me propose de vous faire voir comment, d'une simple irritation de ma sensibilité, j'ai pu tirer une discipline.

Au bout de la semaine, j'avais fait le tour de mes ennuis. Je n'attendais plus d'inconnu. Ma vie demeurait affreuse;

j'appuyai ma résolution. Que penserait de moi cette dame qui avait bien voulu se ranger à mon opinion contre son frère, si elle me voyait me dédire? L'attitude du lieutenant et la risée des soldats confirmèrent ma disposition. Je me vis engagé dans un duel avec la caserne allemande. Au début, je pouvais, comme tant d'autres, le décliner, mais une fois le contact pris, passer en France. c'était une dérobade.

Je resterai, me dis-je.
Ce sera plus

elle avait, du moins, perdu ses ténèbres. Je préfère un brutal corps à corps aux mouvements vagues d'un ennemi, le soir dans le taillis. Je voyais nettement mon but, je devais empêcher qu'une caserne allemande se rît d'un Alsacien-Français.

C'est sur cette considération que je résolus de rester. Je sentis que si je partais, toute ma vie, dans le secret de mon cœur, je me mépriserais, et que cette décision demeurerait un point de mon passé où j'éviterais, toujours, de porter mon regard. La lettre de Mme d'Aoury fut la première solidité où

dur que je n'imaginais; très dur, même. Eh bien! je me donnerai beaucoup de mal. Toutes mes révoltes que je contiendrai me tonifieront, et la haine me fera plus de virilité... Puisque ce lieutenant a sur ma personne tous les droits, parmi lesquels le droit de m'humilier, il n'y a qu'un moyen, c'est que je sois un excellent soldat et que je conquière son estime de militaire. Je suis seul de mon pays parmi tous ces Allemands; il sera tenté de me dire : « Prenez exemple sur vos camarades. » Mon ambition doit être de renverser les rôles et qu'il reconnaisse les qualités militaires de l'Alsace.

Tout cela est chétif, monsieur, je le sais. Je préférerais, comme fit mon grand-père, le soldat de la Grande-Armée, entrer dans Berlin victorieusement, mais tout ce que l'on peut exiger d'un homme, c'est qu'il se batte pour le mieux sur le terrain où le pose sa destinée.

Pendant huit jours, je me suis vu, senti, accepté comme un agneau de douleur. Puis j'ai reconnu que ce rôle de résigné était le moins convenable et que je devais être d'abord un militaire exact.

Cette ligne de conduite, d'après mon récit, vous pourriez croire que je l'ai inventée, un coude sur la table, en réfléchissant, dans ma chambre ; c'est plutôt un sentier où je me suis aperçu que je cheminais pour éviter les embarras au jour le jour. Les circonstances m'ont dirigé. Du dedans et du dehors, j'avais mes empêchements : ce qui m'a soutenu, c'est une constante exaltation de l'âme.

-- VOLONTAIRE EHRMANN, C'EST UN CHEVAL ALLEMAND, IL NE COMPREND PAS LE FRANÇAIS.

XII

Le duel est engagé

Un soldat allemand a toujours l'air d'un chien battu. Les volontaires eux-mêmes se faisaient humbles ; chaque détail de leur attitude disait aux officiers : « Tu es notre supérieur. » Leur déférence devançait les ordres. Le lieutenant trouva-t-il dans mon regard droit une sorte d'indépendance ? Plus simplement, s'ennuyait-il durant ces longues heures d'exercices ?... Après s'être promené dix minutes comme un coq avantageux, chaque jour, il m'appelait :

— Volontaire Ehrmann.

J'arrivais en courant.

— Vous m'avez dit que vous aviez des parents dans l'armée française. Etes-vous en relations avec eux ?

— En relations très suivies, Monsieur le lieutenant.

— Vous allez souvent en France, n'est-ce pas ?

— Assez fréquemment, Monsieur le lieutenant.

— Vous avez été en Allemagne, aussi.

— Une ou deux fois, Monsieur le lieutenant.

— Alors, vous aimez aller en France ?

— Oui, Monsieur le lieutenant.

Ce n'était pas un mangeur d'Alsacien, mais un brave petit guerrier du pays rhénan, fort ébahi, car il n'avait jamais imaginé une telle espèce de soldat allemand.

Le lendemain, il me dit :

— Ce sera une chose très grave pour vous, le jour qu'il y aura la guerre avec la France. Que ferez-vous, quand il s'agira de se battre contre l'armée française où vous avez des parents ?

Le règlement nous oblige, si un supérieur nous parle, à l'immobilité la plus absolue. Aucun mouvement ne serait toléré, mais il y a les yeux. Les miens disaient : « T'imagines-tu que je vais rester ici, quand il s'agira d'une guerre avec la France ? » Cependant je cherchais ma voix la plus ferme et la plus simple pour répondre :

— Je suis médecin, Monsieur le lieutenant.

— C'est vrai, fit-il en tournant sur ses talons.

Il commença de critiquer en moi plus ouvertement l'Alsacien. Comme nous trottions le long de la piste, je dis à mon cheval : « Hue, cocotte ! » Du milieu du manège, il me cria :

— Volontaire Ehrmann, c'est un cheval allemand ; il ne comprend pas le français.

Le lendemain, durant l'exercice, il me dit :

— Il paraît que vous vous faites envoyer à la caserne des lettres dont l'adresse est écrite en français. Priez vos correspondants d'employer l'allemand.

— Mais, Monsieur le lieutenant, mes correspondants ne savent pas l'allemand.

— Qu'ils l'apprennent ou qu'ils fassent écrire leurs enveloppes par le diable !

Tous les matins, minutieusement, des pieds à la tête, par devant et par derrière, il inspectait nos uniformes, nos armes, nos munitions. Mon tour venu, il s'attardait en maugréant, et chacun voyait sa mauvaise volonté ; mais je m'appliquais à être un bon soldat, et mon regard lui disait : « Cherche, cherche, mon lieutenant ! »

C'était d'ailleurs un bel officier, avec une conscience professionnelle, et quelle que fût sa prévention, il s'abstenait de me punir sans cause.

Soupçonnait-il confusément ma résolution d'allier la plus stricte discipline à l'indépendance de l'âme ? Il s'avança le plus loin qu'il put :

— Volontaire Ehrmann, me dit-il, il paraît que vous fréquentez une taverne alsacienne, où l'on dit qu'avec vos compatriotes, vous faites du chauvinisme français. Le respect de l'uniforme vous commande de vous en abstenir.

Et dans le même esprit, deux jours après, il me faisait sortir des rangs pour me dire :

— Il paraît que, chez votre coiffeur, vous vous exclamez à haute voix en français. Que vous parliez français, quand vous êtes dans votre famille, je n'ai rien à voir à cela. Mais quand vous êtes dans un lieu public et, par exemple, chez un coiffeur, le respect de l'uniforme exige que vous parliez allemand.

Le règlement autorise-t-il les officiers à se mêler de notre privé ? En tout cas leur puissance est tempérée par leur crainte des ennuis. Sur tous ces faits du dehors, le lieutenant grondait, menaçait, sans aller jusqu'à me punir. Et quoi qu'il supposât de mon insoumission d'âme, il voyait avec évidence ma bonne volonté dans les mille détails où

— QUE FEREZ-VOUS QUAND IL S'AGIRA DE SE BATTRE CONTRE L'ARMÉE FRANÇAISE OU VOUS AVEZ
DES PARENTS?

doit être attentif un volontaire. J'étais un bon soldat. Au manège, je servais de cavalier de tête. Je valais surtout pour la parade-marche, qui est une grande affaire dans l'armée allemande.

Les avez-vous vu défiler ? Le soldat lève le pied en tenant la pointe en bas, tandis que sa jambe et sa cuisse forment un angle droit. Tout cela, pied, jambe et cuisse, il le lève haut, très haut, le plus haut, puis, soudain, par un deuxième mouvement, il projette violemment sa jambe et son pied, et, au même instant, de tout son corps se porte en avant. Le pied, bien à plat, retombe à terre et la jambe se tend violemment, de manière à bomber en arrière une belle courbe. En principe, les gymnastes allemands valent mieux que nous dans les exercices de force muscu-laire, par exemple, à la barre fixe, mais, plus agiles et plus déliés, nous les primons dans les exercices d'assouplissement. Leur lourdeur de corps et leur taille courte les embarrassent. Mes « camarades » avaient plus de biceps et moi plus de jarret. J'ai immédiatement compris la parade-marche comme une comédie, car à vouloir trop bien faire, les Germains toujours exagèrent. Le grand secret, c'est d'avoir le genou rompu et de mettre toutes ses forces dans le jarret ; un merveilleux raffinement, c'est de sortir sa poitrine et de rentrer son ventre, ce qui pousse le menton en l'air et les reins en arrière. Plus je chargeais, plus je leur plaisais. Tout de même, monsieur, s'il y avait eu là un second Alsacien, nous aurions, quelquefois, bien ri.

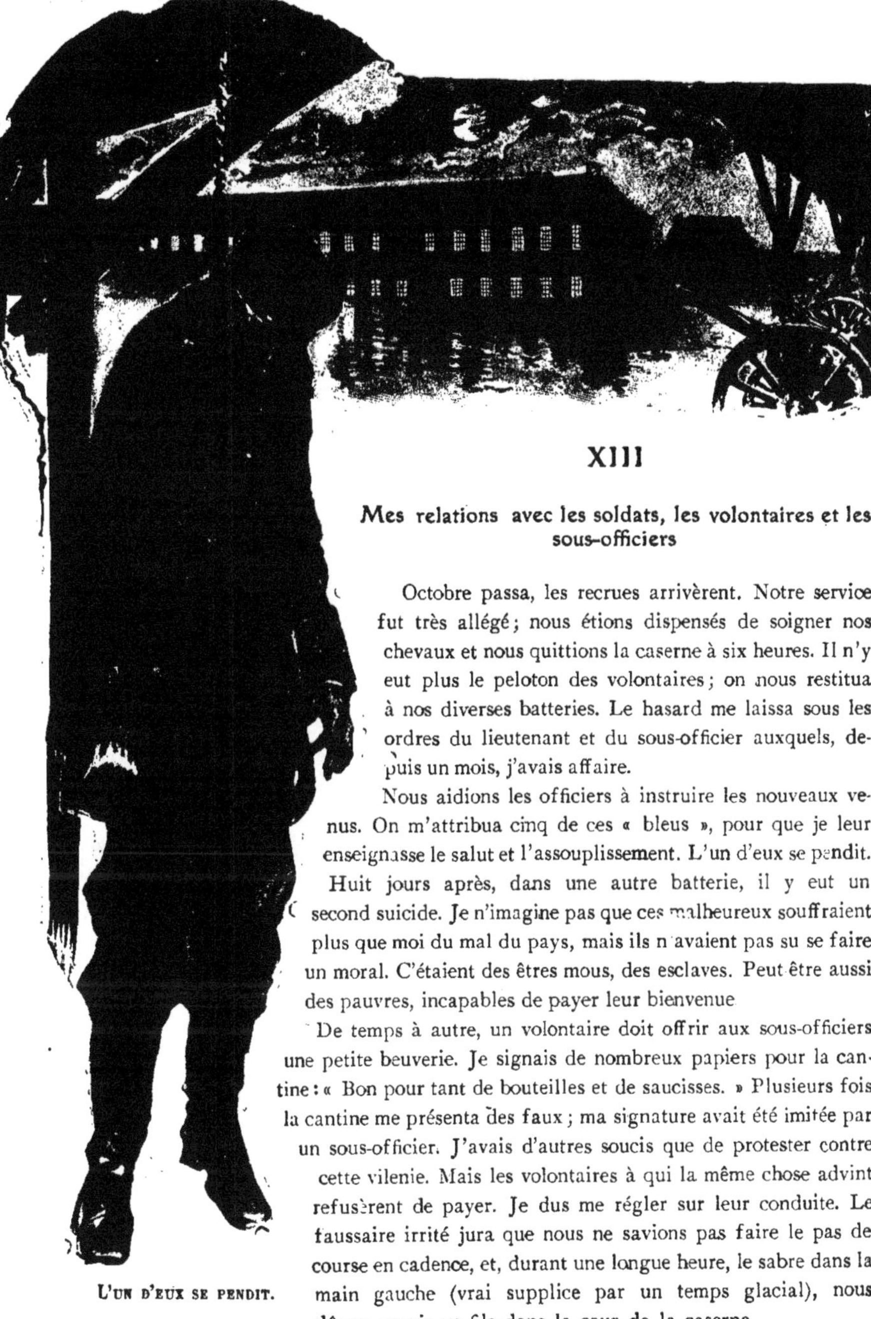

XIII

Mes relations avec les soldats, les volontaires et les sous-officiers

Octobre passa, les recrues arrivèrent. Notre service fut très allégé ; nous étions dispensés de soigner nos chevaux et nous quittions la caserne à six heures. Il n'y eut plus le peloton des volontaires ; on nous restitua à nos diverses batteries. Le hasard me laissa sous les ordres du lieutenant et du sous-officier auxquels, depuis un mois, j'avais affaire.

Nous aidions les officiers à instruire les nouveaux venus. On m'attribua cinq de ces « bleus », pour que je leur enseignasse le salut et l'assouplissement. L'un d'eux se pendit.

Huit jours après, dans une autre batterie, il y eut un second suicide. Je n'imagine pas que ces malheureux souffraient plus que moi du mal du pays, mais ils n'avaient pas su se faire un moral. C'étaient des êtres mous, des esclaves. Peut-être aussi des pauvres, incapables de payer leur bienvenue

De temps à autre, un volontaire doit offrir aux sous-officiers une petite beuverie. Je signais de nombreux papiers pour la cantine : « Bon pour tant de bouteilles et de saucisses. » Plusieurs fois la cantine me présenta des faux ; ma signature avait été imitée par un sous-officier. J'avais d'autres soucis que de protester contre cette vilenie. Mais les volontaires à qui la même chose advint refusèrent de payer. Je dus me régler sur leur conduite. Le faussaire irrité jura que nous ne savions pas faire le pas de course en cadence, et, durant une longue heure, le sabre dans la main gauche (vrai supplice par un temps glacial), nous dûmes courir en file dans la cour de la caserne.

L'UN D'EUX SE PENDIT.

J'eus la gorge enflammée, au point que j'entrai à l'hôpital militaire.

Je passai six jours dans une grande salle de soixante lits. J'avais pour voisin un de ces paysans de la Poméranie qui sont naturellement trapus, larges d'épaules, avec de grosses figures naïves. Mais celui-ci, c'était pitié de voir, quand le docteur l'examinait, sa maigreur, son dos voûté, sa poitrine défoncée. Depuis quatre mois, une pleurésie le te-

prétendiez pas à une pension, car je ne sais pas s'il serait possible de vous la faire accorder.

Le Poméranien, n'en étant qu'à sa première année de service, pouvait être tenté par une proposition qui le libérait d'une an-

nait au lit. Il avait subi plusieurs interventions chirurgicales. Bien que le pauvre diable chancelât et se plaignît de souffrir à chaque respiration, le médecin-major le prétendait guéri. Chaque matin, je l'entendais :

— Il ne tient qu'à vous de rentrer dans vos foyers, à condition toutefois que vous ne

née (6), et pourtant, une fois le médecin-major parti, il pleurait comme un enfant et me disait :

— Je ne puis pas rentrer dans mon pays, si faible et sans pension, car nous sommes très pauvres. Chez nous, celui qui ne travaille pas n'a pas droit à la nourriture, et je suis bien sûr que malgré l'affection de ma mère on m'écartera, si je reviens comme une bouche inutile. Mais je n'ai pas le courage d'exiger ma pension du médecin-major qui a un regard si terrible !

C'est vrai que le major était un grand gaillard à moustache noire, congestionné jusqu'à la couleur brique, avec ces yeux si vite blancs de colère qui sont particuliers aux militaires sanguins. Ces sortes de gens hurlent même pour dire des choses aimables. Je n'aime pas les croquemitaines. J'obtins du sous-officier chef de salle, à qui mes pourboires plaisaient, qu'il me communiquât le journal de la maladie de mon voisin. J'y lus en toutes lettres que sa pleurésie venait d'un refroidissement pris au service. Nul doute, en conséquence, qu'il n'eût droit à une pension. Avec un sourire discret, le sous-officier m'indiqua que le médecin-major était un bon serviteur du budget, appliqué de de toute sa ruse et de toute sa grosse voix à diminuer le nombre des pensions d'invalidité.

Je me retournai vers mon Poméranien :

— Voyons, lui disais-je, je vous affirme que vous êtes dans votre droit. Vous n'allez pas vous laisser mener comme une bête.

Pendant vingt-quatre heures je le remontai.

Il se trouva le lendemain matin que les malades, comme il arrive dans la saison des grippes, assiégèrent l'hôpital au point qu'on ne savait où les caser. Le médecin-major, en arrivant, dit à haute voix :

— Eh bien ! nous allons

ILS ALLAIENT BOIRE DE LA BIÈRE.

renvoyer quelques-uns de ces gaillards.

Il s'arrêta plus longtemps encore que la veille auprès de mon voisin, et l'ayant examiné bien à fond, il dit avec autorité :

— Vous êtes guéri, il n'y a plus trace d'inflammation ; vos douleurs proviennent simplement de la plèvre fixée par la maladie contre vos côtes. Cela s'arrangera sitôt que vous serez chez votre maman qui vous soignera encore mieux que nous. Je vous offre décidément de partir si vous ne réclamez pas une pension.

Le pauvre géant répondit :

— Je n'ose pas rentrer chez moi si je n'ai pas de pension.

— C'est-à-dire que vous l'exigez ?

Je l'encourageais du regard.

— Oui, Monsieur le médecin-major, souffla-t-il.

— Eh bien ! dans ce cas, je vous retiens ici quinze jours, un mois... Ça m'est tout à fait égal. Je vous retiendrai trois mois s'il le faut. J'en ai assez de vous servir à tous des pensions, tas de feignants ! Comment ! vous faites à peine trois mois de service, vous tombez malade, vous êtes soigné quatre mois aux frais de l'Etat, je vous offre de vous dispenser du temps qui vous reste à faire, et vous n'acceptez pas, espèce de brute ! D'abord, je ne sais pas si vous y avez droit, à cette pension ; vous ne la méritez pas et vous m'embêtez !

Son irritation croissait :

— Ça commence à me dégoûter, ces faiblards qu'on nous envoie maintenant ! A peine au service, ils tombent malades et réclament encore que l'Etat les entretienne !

Il avait empoigné le soldat par l'épaule ; il le secouait et lui criait :

— Je vous fiche mon billet que vous ne "aurez pas, cette pension !

Le pauvre diable se mit à pleurer.

Alors le major regarda ce faible avec mépris :

— Qui est-ce qui vous a mis en tête de réclamer cette pension ?

L'imbécile, dans son angoisse, me cher-

cha du regard. Le médecin-major comprit qu'il devinait juste et qu'il y avait un conseiller.

Il poussa un cri d'allégresse et de fureur en tapant sur le lit :

— Vous m'entendez ? Je veux connaître celui qui vous pousse.

Le soldat tourna la tête de mon côté.

J'étais debout au pied de mon lit, dans l'attitude fixe qui est réglementaire durant la visite, pour les malades non alités.

Toute la colère du major se porta sur moi. Il se croisa les bras et dit :

— Comment ! le volontaire, vous venez ici exciter ces gaillards à la révolte ! Mais de quoi vous mêlez-vous ?

Ce fut un flot de vociférations, un scandale au milieu de ces tristes lits de fiévreux et de délirants. Il eut quelque peine à se retenir de me prendre à la gorge.

Mais le soir, l'intendant apporta une feuille où était indiquée la pension que toucherait le soldat, une centaine de marks par an. Après un pareil esclandre, on n'avait pas osé persister à lui refuser son dû. Il prit congé de moi avec des larmes.

A ma sortie de l'hôpital, quand je racontai cette histoire aux trois volontaires de ma batterie, ma conduite leur parut incompréhensible.

— Qu'est-ce que vous aviez à vous occuper de cette brute-là ? (Ils voulaient dire le soldat.) Ça n'est pas votre affaire.

Ils ajoutèrent que je ferais mieux de les accompagner à la « brasserie des officiers ».

Chaque soir, tandis que je m'asseyais seul à la table où nous avions tous dîné le matin, ils allaient manger des saucisses au raifort et boire de la bière, sous l'œil de nos chefs :

— C'est la coutume, disaient-ils. Nos officiers nous en voudraient si nous ne paraissions pas à leur brasserie, et sûrement que votre absence est mal interprétée. Vous vous faites du tort.

L'argument ne me touchait point. Je m'obligeais à être un soldat appliqué, et je me défendais de paraître un courtisan. Je leur répondis qu'entre six et sept heures du soir, je ne buvais pas de bière. Mais ils me pressèrent si fort qu'à la fin je ne pouvais plus, sans impolitesse, éluder leur invitation. Je les suivis. Quelle soirée, monsieur !

Ils me firent asseoir auprès de la porte d'entrée. Au fond d'une enfilade, dans une troisième salle, nous apercevions la grande table où, chaque soir, se retrouvaient les officiers. Mes camarades étaient convaincus qu'un local fréquenté par des lieutenants et des capitaines devenait un lieu d'anoblissement ; à contempler les chefs, fût-ce de loin, leur petitesse pensait participer de cette grandeur. Ces satisfactions toutefois leur donnaient des regards inquiets et une conversation hachée. Tout en vidant leurs verres de bière et en mangeant du porc fumé, sur la table mouillée, avec une serviette en papier sur les genoux, ils gardaient une correction militaire, dont ils se seraient, je pense, reposés dans toute autre brasserie. A chaque fois qu'un officier entrait, de quelque régiment qu'il fût, il s'agissait de nous lever, de repousser nos chaises bruyamment avec nos jarrets, de porter nos mains aux coutures du pantalon, de fixer le survenant et de l'accompagner du regard cinq mètres avant son arrivée à notre hauteur et cinq mètres après son passage. L'officier quelconque saluait avec deux doigts, s'inclinait légèrement et tout de suite, faisait un geste : « Asseyez-vous donc ! » Cela avec froideur. Mais notre capitaine s'inclina un peu davantage, et bien qu'il ne se déridât point, son geste : « Asseyez-vous » fut plus marqué. Quant à notre lieutenant, il dit :

— Ah ! bonsoir !

Et il marqua un petit étonnement aimable de voir le volontaire alsacien.

Servilité avec les supérieurs et arrogance avec les inférieurs, voilà, pour nous autres Alsaciens, deux qualités constantes des Allemands. Notez que mes camarades appartenaient à de bonnes familles. Mais je dois vous les présenter avec plus de détails, car ils sont vraiment trois types classiques de la plus récente Allemagne.

Le premier était un Prussien de vingt-trois ans, d'une famille originaire de Neu-Ruppin, là-bas, dans la Marche brandbourgeoise.

Il faut savoir d'une façon générale d'où sortent ces terribles Prussiens, raides et arrogants, qui triomphent et donnent aujourd'hui à l'Allemagne sa forme. Sur de grandes plaines grisâtres, où de maigres pâturages alternent avec des étangs endormis et de sévères forêts de pins, vivent des paysans à peine affranchis. Ils possèdent l'esprit d'association, car ils ont conscience d'être un troupeau, et puis, dès leur bas âge, on les dresse à la discipline. Chez eux, l'instinct de reproduction ne crée pas, comme chez nos Français, des vices ou des vertus compliqués. Sans fièvre ni enthousiasmes, mais aussi sans intermittences ni chutes, leur volonté demeure constamment tendue vers le but qui est le pain quotidien. On voit à ces serfs l'hypocrisie des paysans, une jalousie mesquine, une étroitesse de cœur, qui se trahissent chez les simples par des lettres anonymes, par des dénonciations à la police, par de l'espionnage, mais peu de mensonges grossiers et conscients : ils recourent à des biais. Le commerçant prussien tient un engagement écrit, seulement il use des sous-entendus, profite sans scrupule d'un oubli dans le contrat. Tous les Prussiens sont sous l'action de la bière ; elle étourdit, endort et berce, elle calme la colère ou la passion, elle rend bonasse et fait oublier. Aussi le tempérament autrefois querelleur s'est assagi. Mais cette bière assoupit, sans la changer, une âme brutale, où manquent la politesse innée et la culture héréditaire.

Notre « camarade » prussien, bien que fils de fonctionnaire et membre d'une corporation à Bonn, où il étudiait le droit, portait dans sa chair toute cette barbarie germano-slave. Il se destinait au fonctionnarisme, mais son aspect, ses mœurs, étaient d'un puissant guerrier brandbourgeois. Quel mangeur ! Quel buveur ! Quel fumeur ! Rien n'embarrasse de tels estomacs. Très grand, très large, très raide, le geste saccadé, la voix basse et grave, la moustache blonde en croc comme celle de l'empereur, il portait ses cheveux coupés ras et brossés violemment en arrière ; son nez s'avançait droit ; ses yeux d'un bleu d'acier avaient des reflets fauves et froids ; son maxillaire supérieur était proéminent, ses joues plutôt creuses. Toutefois, dans le menton il avait une fossette ; sur cette figure brutale, cette fossette adoucissante semblait un non-sens.

Le second de mes « camarades » venait de Munich. Il étudiait l'histoire. Les Bavarois diffèrent du tout au tout de l'espèce prussienne si récente et exclusivement guerrière. Petit et déjà bedonnant, avec un nez épaté dans une figure bien grasse, il semblait un poupard apoplectique. Sur son crâne très gras, moutonnait un léger duvet blond châtain, avec une petite houppe dans le milieu. Quand il portait l'uniforme, ses bons yeux cherchaient une expression de dureté. Au fond, le service l'ennuyait, mais il ne le savait pas trop.

Le troisième était un Saxon. Il portait une raie au milieu de ses cheveux cosmétiqués et collés sur le crâne. C'était un sanguin, la figure rouge, les yeux un peu in-

jectés, nerveux et sec, avec une courte moustache noire très fournie. Il étudiait l'économie politique pour faire le contentieux chez son père, industriel de la Basse-Saxe.

Je ne crois pas que j'abuse, en retenant votre attention sur ces trois figures de la nouvelle Allemagne. Dans le Prussien, vous devez reconnaître le vrai centre et la solidité de l'empire. Il est le résultat d'une antique formation militaire qui se lie aux origines mêmes de l'Etat brandbourgeois-prussien. L'âme de ce jeune homme fut disciplinée, il y a cent cinquante ans, par le grand Frédéric, et, hier encore, renforcée par les triomphes de Guillaume le Grand. — Le Bavarois demeure un peu particulariste, mais prend mal conscience de ses différences. — Quant au Saxon, il est impérialiste, parce que son père est bien vu du gouvernement et que l'essor industriel lui profite.

Ni les uns ni les autres n'étaient de mauvais garçons, mais il n'y avait aucun moyen que je m'entendisse avec eux.

Le juriste prussien, ce soir même, à la brasserie, nous raconta qu'on avait eu la preuve d'un infanticide dans son quartier. La police recherchait la coupable. Sur divers indices, il avait tout de suite soupçonné la bonne de sa maison :

— Quand elle est entrée chez moi, hier au soir, je l'ai forcée de m'avouer sa faute. C'est une fille que personne n'aurait soupçonnée. Elle s'est mise à mes genoux. Vous le pensez bien, je n'ai pas tenu compte de ses supplications, et ce matin, à la première heure, j'ai averti la police.

— Mais, lui dis-je, c'est abominable !

Il me pria de mesurer mes paroles. Le Saxon et le Bavarois s'interposèrent.

— Je vous jure, lui dis-je, que j'essaye de vous comprendre. Est-il possible, qu'à dénoncer cette pauvre fille, vous n'ayez pas senti une grande honte ? Rien ne vous obligeait d'intervenir.

— Rien ne m'obligeait ! Cette fille a commis un crime et vous voulez que je me taise ! Non, Monsieur, il faut que justice se fasse. C'était mon devoir de la dénoncer. et j'ai accompli mon devoir.

— N'avait-elle pas assez souffert, dans son angoisse de se trahir ? Elle n'eût pas recommencé, vous pouvez le croire. La peine sera terrible, si les juges n'admettent pas de circonstances atténuantes !

— Les circonstances atténuantes ! Ah ! que voilà bien une invention française, et que ce terme m'est odieux ! Comme s'il pouvait y avoir des circonstances atténuantes ! Mais c'est absolument contraire au sens de notre droit. Un crime est un crime, et la loi veille pour le punir.

Le Saxon et le Bavarois ne le contredirent pas. J'étais révolté. Il y a chez les Allemands un manque de nuances, qui offense et dégoûte une âme de formation française. Et si les circonstances, comme c'est le cas en Alsace, donnent la supériorité de fait à de tels hommes, c'est une intolérable humiliation. Je ne pouvais pas m'en expliquer à fond devant mes « camarades ». Les irritations d'un vaincu les eussent étonnés ou peut-être réjouis, sans les dominer.

Je les quittai avec le plus vif mécontentement de moi-même, qui avais inutilement laissé percer ma réprobation. Je me blâmais qu'ayant mis à jour nos générosités et nos délicatesses françaises, je n'eusse pas su faire éclater, devant eux, notre supériorité. Je me reprochais d'avoir découvert la France vainement.

JE TROUVAI, SUR LA PAILLE, DEUX ÉNORMES ALLEMANDES ET TROIS SOUS-OFFICIERS IVRES.

Je dormis très mal. Un à un, je reprenais les incidents de la soirée. Je méprisais, à me crever le cœur, ces Allemands, mais je jugeai nécessaire de purifier et de gonfler en moi-même la source française, pour ne la laisser jaillir qu'aux heures favorables. Je me promis de ne pas mettre « mes camarades » en opposition avec nos manières de sentir et de juger, qu'autant qu'elles leur permettraient de soulever le lourd poids prussien et de respirer plus largement. — J'imaginais que le Bavarois et le Saxon pourraient garder, d'une minute de large respiration, une tendance à la fuite hors de la Germanie.

Le lendemain, au réveil, en arrivant à l'écurie, je trouvai, sur la paille, un vaste et sale grouillement fait de deux énormes Allemandes et de trois sous-officiers ivres. L'un d'eux était celui-là qui avait imité ma signature, et de qui la rancune m'avait valu mon

séjour à l'hôpital. Si j'avais appliqué les principes du juriste prussien, je n'aurais rien fait que n'attendissent ces brutes. Cependant, je les réveillai pour les avertir que je venais de croiser l'officier de ronde dans la cour.

Mon procédé me gagna leur confiance, au point qu'étant devenus malades des suites de leur débauche, et comme ils ne voulaient pas entrer à l'hôpital, qui leur aurait valu une mauvaise note, c'est à ma science qu'ils recoururent. Je les soignai, malgré le règlement.

Ils demeurèrent stupides de la magnanimité de « l'Alsacien », et je puis dire que leurs grossières âmes, dans la mesure où elles possédaient la faculté de généraliser, furent conquises par la « gentillesse » française.

Dans ce temps-là, au cours de l'exercice, un sous-officier arracha l'oreille d'un simple soldat. Elle pendait, retenue par un lambeau. Le malheureux hurlait et saignait.

Son bourreau épouvanté lui dit :

— Monte vite te faire soigner !

Le lieutenant survint et, mis au courant, m'ordonna de suivre le blessé. Au bout de vingt minutes, le médecin-major accourut :

— Colossal ! colossal ! soufflait-il.

Il se mit à noter la plainte du pauvre diable. Puis, se tournant vers moi et vers deux éclopés présents, il nous dit avec l'expression la plus sévère :

— Que l'un de vous ait le malheur de raconter quoi que ce soit, dans la caserne ou bien en ville, il est sûr de son affaire... Vous surtout, volontaire Ehrmann, je vous rends responsable si rien s'ébruite dans la presse.

Les brutalités sont traditionnelles dans l'armée allemande, ce qui s'explique par la servilité des basses classes : où manque le ressort de l'honneur, on essaye nécessairement le ressort du bâton. L'empereur les réprouve. Nos chefs craignaient donc deux fois le scandale : à cause du public et à cause de l'empereur. Il m'était facile d'avertir les journaux sans me compromettre. Devais-je saisir cette occasion de jeter du discrédit sur mon régiment ?... Au milieu des difficultés que le service allemand propose à un Alsacien, je pense que la règle, c'est d'abord de nous attacher à tout ce qui entretient et augmente notre propre sentiment de notre dignité. Je résolus de ne point faire en fraude un rapport où je ne voyais qu'une petite utilité et, par suite, quelque vilenie.

Si l'on était en guerre, je tirerais avec allégresse depuis les rangs français sur la batterie allemande où j'ai servi, parce que je courrais à ciel ouvert un risque, mais, dans l'état des choses, je n'accepterais pas de communiquer à l'état-major français ce que j'ai pu voir et savoir grâce à ma qualité de volontaire alsacien.

En vérité, ce n'est pas par goût que j'examine des problèmes aussi subtils. Nous autres, Alsaciens, nous ne sommes pas faits pour couper les cheveux en quatre. Ni la maison de mon père, ni mes études médicales ne m'ont préparé à la casuistique. Si le sort m'avait permis de mener l'existence facile d'un étudiant de Nancy ou du Quartier Latin, je n'aurais pas, soyez-en sûr, de dialectique intérieure. Mais c'est une conséquence de la déchéance politique et militaire, que des gens simples négligent leur honneur, ou bien, pour le sauver, doivent raisonner et distinguer. — Cette obligation, voilà le véritable tourment d'un vaincu.

Un Parisien formé par des scènes de théâtre se figurera que ma pire souffrance était, au cours des longues sorties, quand ma batterie entonnait le chant : *La garde sur le Rhin (die Wacht am Rhein)*.

Un appel résonne comme l'écho du tonnerre,
Comme un cliquetis d'armes et comme le bruit des
[vagues :
Vers le Rhin, vers le Rhin, vers le Rhin allemand !
Qui veut être le gardien du fleuve?

Chère patrie, n'aie crainte,
La garde est fidèle et sûre,
La garde le long du Rhin.

Qu'importe que mon cœur se brise dans la mort,
Tu ne deviendras pas Français,
Car l'Allemagne est riche en sang de héros,
Comme ton cours l'est en eau.

Chère patrie, n'aie crainte, etc.

Ou bien si l'on chantait : *O toi, Allemagne :*

O toi, Allemagne, il faut que je me mette en
O Allemagne, tu m'emplis de courage ! [marche
Je veux brandir mon épée,
Mes balles vont siffler.
Je les destine au sang français !

J'allais, muet, au rythme de leurs chan-
sons. Nulle bouffée de sang ne montait à
mon visage et mon cœur demeurait calme.
Mes pas étaient emboîtés dans leurs pas
et mes bras dans leur balancement, mais mon
âme se fermait à leur cadence ennemie. « Ils
peuvent, disais-je, m'enchaîner, me traîner
et faire de mon corps un chiffre dans les
hordes qu'ils animent contre ma patrie : leur
captif ne s'inventera pas d'inutiles scrupules. » Ma raison, jamais, ne perdit sa magis-
trature. Toujours elle me répéta : c'est ici
le malheur et la faute de la France, ce n'est
point ton péché. Et parfois elle introduisait
dans l'hymne germanique le serment sécu
laire de l'Alsace à la France :

> Chère patrie, n'aie crainte,
> La garde est fidèle et sûre,
> La garde le long du Rhin.

XIV

La Fête de l'Empereur

Dans les premiers jours de janvier, un matin, à peine l'exercice était-il commencé que le lieutenant cria :

— Volontaire Ehrmann !

Toute la nuit j'avais prévu cet appel... J'accourus, je m'arrêtai à trois pas, et les deux mains sur la couture du pantalon, j'attendis.

— Je vous ai rencontré hier en civil. Méfiez-vous, si je vous rencontre une deuxième fois, je vous dénonce. Cela vous rapportera trois jours de prison.

Il aurait pu ajouter que je perdrais mon privilège de médecin et devrais servir une année entière comme simple soldat.

Avant de s'éloigner, plein d'un orgueilleux mépris, il ajouta :

— Vous n'êtes donc pas fier de porter cet uniforme ?

Ah ! non, je n'en étais pas fier !... Au sortir de la caserne, — et depuis novembre nous sortions presque toujours à six heures, — je ne vivais pas que je n'eusse repris mes vêtements civils. L'uniforme m'aurait privé de toutes mes relations. Il n'y a point une digne famille alsacienne qui descende à recevoir un individu habillé en soldat allemand. C'est d'une haute moralité. On désire que les jeunes gens demeurent au pays et, par suite, qu'ils se soumettent à la loi militaire, mais on les prie de cacher cette nécessité honteuse. Moi-même, je me préoccupais que personne ne me vît en tenue ; je voulais que, mon temps passé, nul honnête homme ne gardât du docteur Ehrmann une image prussienne. Qu'il s'agît d'une réception entre étudiants, d'une soirée à la brasserie alsacienne, voire d'une emplette chez un fournisseur, mes pieds eussent refusé de me porter avant que je me fusse dévêtu. Je m'habillais en civil, même pour rester tout seul dans ma chambre.

Sur ce point, quelles que fussent les menaces de l'officier, je ne pouvais pas céder. Je vis tout de suite que je touchais à la principale difficulté de mon volontariat...

Mais avant de vous raconter le détail de cette crise, je dois vous décrire, pour que vous connaissiez mieux le monde grossier où je vivais, la journée caractéristique du 18 janvier, qui est la fête de l'empereur.

La religion fait une partie principale de la discipline de l'empire ; mais il faut s'entendre : à l'école, la figure du Christ demeure au second plan derrière la figure impériale ; les petites gens satisfont leurs besoins religieux avec les croyances socialistes ; les universitaires et les officiers s'en tiennent à une indifférence, que leur souci des convenances masque. Seule la morale protestante continue de vivre, parce qu'elle est adaptée étroitement à la race : elle prône l'application au travail, le sentiment de la responsabilité devant Dieu et devant les hommes, l'horreur des péchés grossiers : elle laisse sommeiller l'esprit de générosité, de sacrifice et d'héroïsme.

Tous les dimanches, musique en tête, les soldats protestants sont menés au temple et les catholiques à l'église. Le jour de la fête de l'empereur, qui tombe le 18 janvier, nous avions été convoqués pour dix heures à la caserne, et vers dix heures moins le quart, quelques soldats commençaient seulement d'apparaître dans la cour, quand le lieutenant accourut tout essoufflé :

— Le service est avancé d'une demiheure. Faites descendre rapidement les hommes.

Quand nous fûmes sur deux rangs, d'un coup d'œil il nous mesura et, coupant de sa main l'ensemble à peu près par le milieu, il commanda :

— Aile droite : protestants ; aile gauche: catholiques. Par file à droite, marche !

Il cria au sous-officier :

— Conduisez les catholiques !

Lui-même, il se mit sur le flanc des « protestants », et le tout partit avec des rires étouffés.

L'événement de la fête, c'est une représentation théâtrale et un bal organisés par le régiment.

Nous nous réunîmes à huit heures du soir, dans le quartier de Neudorf, à l'Alcazar, énorme salle, construite en bois pour contenir deux mille personnes. On commença par une pièce en vers, où les volontaires jouaient les principaux rôles. La fanfare du régiment servait d'orchestre. Le colonel, les capitaines, les lieutenants et leurs femmes occupaient une vingtaine de chaises au premier rang. Mais une surprenante incongruité vint tout gâter.

Notre « camarade » le Saxon tenait le rôle de jeune premier. Comme il s'agenouillait devant une bergère pour lui déclarer son amour, son maillot, qu'il avait loué chez un fripier, brusquement creva sur sa cuisse gauche, face au public. La femme du colonel qui occupait le premier des fauteuils d'honneur, se leva, en rougissant d'indignation, et, après une incertitude, se dirigea vers la porte. Sa voisine, la femme du commandant, hésita, puis comprit et suivit, avec le colonel et le commandant. La femme du capitaine ne jugea pas pouvoir demeurer. Le lieutenant organisateur, qui se tenait à la droite de la scène, rougit terriblement et se jeta dans leur sillage. Les acteurs s'interrompirent. Ce fut une confusion générale. Un instant après, le lieutenant revint.

— Vous m'avez joué un vilain tour, dit-il

Les braves épouses des sous-officiers y coutoyaient, sans en souffrir, des filles de la plus basse catégorie.

au Saxon. Le commandant m'a interpellé à cause de votre maillot. Quelle sotte histoire !

Il me semble que des Françaises auraient jugé plus convenable de ne rien voir.

Le beau monde ayant disparu, la représentation ne fut pas reprise. Les soldats enlevèrent les chaises. Le bal commença.

Les lieutenants premiers valsaient avec les femmes des maréchaux-des-logis chefs, et les volontaires avec les femmes des autres sous-officiers. Au bout d'une heure, chaque lieutenant s'installe sur un banc devant une table. Autour de lui s'asseyent les sous-officiers et leurs femmes, les soldats et leurs « fiancées ». Le lieutenant reste digne, boit, fume et, par instants, se lève pour un nouveau tour de danse.

Quant aux volontaires, leur mission officielle est de payer du vin d'une certaine qualité aux sous-officiers et à leurs femmes, de la bière et des cigares aux soldats et à leurs « fiancées ». Je plus beaucoup en offrant un petit repas : des saucisses avec du raifort.

Je ne me fais pas plus délicat que la moyenne des hommes, mais quelle plate trivialité ! A Paris, vous avez, j'en suis sûr, des bals publics charmants de vivacité. Et, sans aller à Paris, nos petites Strasbourgeoises sont fines, nerveuses, et près des Allemandes des aristocrates. S'il arrive parfois que l'une d'elles se laisse séduire par un professeur, par un officier, elle le civilise, l'incline vers la France, mais de tels accords sont très rares, et ce bal ne réunissait que des Allemandes. Les braves épouses des sous-officiers y coudoyaient, sans en souffrir, des filles de la plus basse catégorie.

La femme de notre maréchal-des-logis était une grosse blonde, les yeux très blancs et les cheveux violemment tirés vers le chi-

gnon. Sur sa robe de soie noire, elle portait un corsage de velours violet, avec un devant de soie jaune canari. C'était son costume de mariage, noir d'abord et deux fois élargi de violet, puis de jaune. Encore allait-il craquer. Pour ses gants de peau rouge, à un seul bouton, elle avait dû choisir la plus forte pointure masculine. Ses jambes, vêtues de bas blancs, semblaient terminées contre terre par deux sacs noirs. Mais, tout de même, qu'elle s'arrêtât de danser, de s'empourprer et d'éclater, c'était une Valkyrie. Ce type lui vient-il d'un nez charnu qui tombe assez droit, de narines pas du tout retroussées et d'une lèvre supérieure qui ne s'arrondit point ? L'ensemble est militaire. On lui voudrait, plutôt que l'éventail, la cuirasse, la lance et le bouclier.

Ce n'est point à dire que dans ce bal toutes fussent laides. Mais, dans l'atmosphère germaine, un Alsacien éprouve des sensations indéterminées qui viennent gâter son plaisir.

Le fourrier avait une jolie jeune femme et quand je la faisais danser, elle me pressait contre son cœur. Après la valse, elle s'assit à ma droite. Son mari, à ma gauche, me couvrait de compliments, pour que je lui versasse à boire. Cependant, avec ses yeux tendres, elle me disait, en me saisissant le genou :

— Attention ! il est très jaloux. Demandez encore des bouteilles. S'il est *une fois* gris, il sera inoffensif.

Mais pouvais-je offenser un homme de qui je dépendais pour le service d'écurie ?

Tous les officiers étaient partis. Les soldats, de gros cigares à la bouche, vociféraient et vomissaient. Cette personne blonde poussa son intérêt pour mes cheveux bruns d'Alsacien, jusqu'à esquisser une syncope. J'en profitai pour gagner la porte et le grand air.

XV

Je me fais accepter du régiment

L'obscurité et le froid de l'hiver m'a-
vaient permis de circuler en civil, presque
chaque soir, sans nouvel accident. Mais, au
début de mars, comme j'accompagnais au
théâtre des dames de ma famille, je me
rencontrai nez à nez avec mon lieutenant.

Pendant un quart de seconde, j'hésitai
à le saluer : un homme en bourgeois relève-
t-il de la hiérarchie militaire? Mais à fein-
dre de l'ignorer complètement, je l'aurais
trop exaspéré. Je lui tirai mon coup de chapeau le plus poli.

Ma nuit fut détestable. Je supputais les
conséquences de cette rencontre : une année,
douze mois de service ! Vous pensez si je me
reprochais mon audace !

La journée commença par les exercices
du manège. Le lieutenant me regardait d'une
façon sévère, il me reprochait la moindre
faute ; ses expressions étaient dures tout en
restant polies. Je sentais qu'il nourrissait sa
colère et qu'elle allait éclater. Moi-même, de
minute en minute, je m'énervais, tout en
m'efforçant de le satisfaire. Sur ces entre
faites arriva le commandant.

— Eh bien ! Monsieur le lieutenant, vos
hommes ont-ils déjà commencé la voltige ?

— Oui, Monsieur le commandant, un
peu.

Ce n'était pas exact. Nous n'avions fait
aucune voltige.

— Je vais voir ça, dit le commandant.

Alors le lieutenant appela un soldat qui
ratissait la sciure du manège et lui dit de

mener un cheval au petit trot en le tenant par la bride.

Chacun des quatre volontaires devait

— JE VAIS VOIR ÇA, DIT LE COMMANDANT.

successivement sauter la bête par derrière.

Le juriste prussien et l'industriel saxon se haussèrent jusqu'à la croupe sans atteindre à l'enfourcher. Quant au gros petit Bavarois, il fut pleinement ridicule. Le commandant avait pris un air plutôt rogue, et le lieutenant s'inquiétait. C'était mon tour.

Alors, sentant la nécessité de montrer ma bonne volonté, et d'ailleurs aidé par mon énervement, je pris un élan qui me mena jusque sur l'encolure, si rudement que l'animal céda et que je culbutai sur la tête dans la poussière. Le commandant mit son cheval au petit trot, en même temps que le lieutenant accourut, et le soldat lâcha tout pour m'aider. Mais j'étais déjà sur mes pieds.

Et le commandant dit :

— Sacrédié ! ceci a été un saut !

Le lieutenant rougit de satisfaction. Le commandant n'ajouta plus un mot, il me regarda une nouvelle fois avec sympathie et prit congé du lieutenant par un sourire gracieux :

— Merci beaucoup, Monsieur le lieutenant.

Il tourna son cheval et partit.

Le lieutenant bientôt se trouva auprès de moi, comme par hasard, et d'une façon raide très militaire, il prononça :

— En civil, il sait sortir, mais sauter, il sait aussi.

Cela voulait dire : je te pardonne.

Et de plus belle je sortis en civil.

Les autres volontaires me rencontrèrent souvent. Ils étaient jaloux et ils disaient avec une ironie dangereuse, assez voisine de la perfidie :

— Ah ! oui, Ehrmann, celui qui sort toujours en civil.

En tant que loyaux Germains, ils finissaient par sentir là une espèce d'affront.

— Vraiment, cet Ehrmann, disaient-ils, l'uniforme semble par trop lui déplaire.

J'éludais de répondre. Je m'appliquais

à détourner toute familiarité, en même temps qu'à leur donner par chacun de mes procédés la plus vive idée de la courtoisie française.

Au cours d'une vie où nous avions, aux mêmes heures, les mêmes corvées et, par force, les mêmes gestes, dans une machine qui nous mettait tous sous les mêmes rouleaux, et bien que nous fussions du même rang social, pas

on dénoncerait un scandale, ils s'exclamaient :

— Non, Ehrmann, cette manière de traverser la cour !...

Ils souriaient, mais en même temps, ils étaient agacés, et moi j'étais fier, car ce qu'ils voyaient de différent dans ma manière d'être, ils disaient à chaque fois que c'était français. Ainsi j'étais invité à me surveiller de très près pour être digne d'une si magnifique délégation

Il tourna son cheval et partit.

une minute je ne cessai de connaître qu'ils étaient des étrangers. Et chez eux je sentais la même obsession. A des rappels qu'ils se faisaient devant moi, à des : « Je te l'avais dit..., nous l'avions deviné », je me voyais l'objet inépuisable de leurs entretiens. Parfois leurs sentiments émergeaient en ma présence :

— C'est égal, Ehrmann, il est difficile d'imaginer un homme aussi peu militaire que vous.

J'exécutais les divers exercices d'une manière très satisfaisante, mais ils ne pouvaient accepter mon allure sans raideur, mettons le mot qui éclaire tout, ma souplesse de troupier français. Leur groupe m'observait quand je venais les rejoindre, et comme

que les circonstances me donnaient.

Au jour le jour et dans le train-train de la vie, il me semble que les Français se distinguent des Allemands par l'urbanité, le goût des nuances, la générosité, enfin l'altruisme. Un Français est un individu pour qui les autres individus existent.

Naturellement, il ne m'est rien arrivé d'héroïque ou simplement de mémorable ; nous sommes sur le médiocre terrain d'une caserne en temps de paix ; mais, à titre d'indication, je puis vous rapporter quelques menus incidents qui produisirent un grand effet sur mes « camarades » allemands. Par exemple, un matin, quelques secondes avant la revue, je vis que l'un d'eux s'étant appuyé contre un mur avait le dos poudré de plâtre. Le temps manquait pour qu'il courût à sa chambrée, prît sa brosse et se dévêtît. Il allait être puni. En quelques coups du plat de ma main et puis en frottant sur le drap avec mon mouchoir, je fis envoler cette poussière blanche. Mon obligeance les stupéfia, et comme il n'était pas question, je puis le dire, que je manquasse de fierté, ils doutèrent de leur rogue sans-gêne.

Aussi bien, sans que je recherche si c'est un manque d'âme ou un défaut de culture, il y a, chez les Allemands de la meilleure bourgeoisie, une rudesse de mœurs, une manière pesante qui semblerait d'une muflerie scandaleuse aux Français les moins dégrossis.

Dans ce temps-là, le roi de Saxe anoblit le père du Saxon. C'est une des pensées de l'empereur de faire entrer les industriels et les banquiers dans l'aristocratie, d'attacher à l'état des choses les gens qui ont de l'argent. Dernièrement, un marchand de cuir verni a été nommé baron. Notre camarade reçut de son père un panier de vin du Rhin. Il voulut que les volontaires de sa batterie vinssent le boire chez lui. Ce qui vous semblera moins naturel qu'à des estomacs allemands, il mit cette dégustation à onze heures, c'est-à-dire immédiatement avant le déjeuner. Je n'avais pu décliner sa politesse, mais comme je me souciais peu de l'inviter à mon tour, j'apportai un gros pâté de viande. Ils n'en revenaient pas et ils disaient :

— Voilà comme nous imaginons le Français aimable.

Les pauvres faits que je rapporte se plaçaient d'une façon plus naturelle dans la suite de nos rapports qu'aujourd'hui dans mon récit. Ils ne contenaient rien où personne pût voir des avances, rien qui diminuât un Alsacien. J'étais un camarade loyal, j'aimais à rendre des services et, pour tout dire, à prendre barre sur les autres en leur devenant utile ; certes je n'étais point le compagnon avec qui l'on se déboutonne

pour des beuveries et des bavardages. Je rendais impossible toute familiarité, mais puisqu'il fallait qu'il y eût entre des Allemands et un Alsacien des rapports, ne convenait-il point que je les forçasse à m'estimer et que, par une série de faits, je les convainquisse de la qualité supérieure de nos mœurs ?

Dès le quatrième mois, je puis dire que la France avait partie gagnée au régiment. Ma situation fut consacrée lors de l'inspection de ma batterie par le général.

Nous lui fûmes présentés au manège. Tandis que le colonel, le commandant et le capitaine faisaient le cercle pour écouter le général, notre lieutenant, un peu rouge, très raide et d'une voix plutôt étranglée, commanda avec succès deux, trois mouvements. Mais voilà qu'il eut un lapsus, et comme nous trottions sur la piste, ayant le mur à droite, il ordonna une « volte à droite » inexécutable. On entendit une rumeur des soldats. J'étais cavalier de tête. En principe, les Allemands s'attachent à la lettre, sans plus ; l'un d'eux, à ma place, se fût dit : « « C'est l'affaire du lieutenant, je ne cherche rien d'autre. » Quel désastre, alors ! Mais je tournai à gauche et toute la file me suivit. Le lieutenant fit encore exécuter quelques mouvements, puis le général, qui ne n'était point arrêté de causer, le félicita.

Nous sortîmes du manège pour nous ranger sur le côté, tandis qu'une autre batterie entrait. Le lieutenant, qui était à pied, vint donner une tape amicale à mon cheval.

Les volontaires n'en revenaient pas de mon initiative.

— Eh bien ! Ehrmann, disaient-ils, vous en avez un toupet !

Le lendemain matin, à son arrivée dans la cour de la caserne, le lieutenant m'a appelé :

— Tant que vous serez un bon soldat et que vous vous efforcerez de faire aussi bien votre service, ma foi, vous sortirez en civil comme vous voudrez. C'est secondaire. Seulement, méfiez-vous de mes camarades qui pourraient être moins indulgents.

Cela d'une voix à demi joviale, à demi raide, et tout de même très militaire.

XVI

La dernière journée

Enfin, le 31 mars, dernier jour de mon service, arriva.

Dans la matinée, j'acquittai diverses taxes à l'administration, puis je me mis à la recherche de mes officiers. Je pris régulièrement congé du colonel, du commandant et du capitaine. Vers onze heures, dans la cour de la caserne, je croisai mon lieutenant. M'étant arrêté à trois pas :

— Monsieur le lieutenant, lui dis-je, le volontaire Ehrmann vous annonce la fin de son service.

Il salua gentiment, me fit signe de quitter ma position réglementaire, et, pour la première fois, me tendit la main.

— C'est vrai, voilà votre service terminé. Pas si terrible, n'est-ce pas ? Vous vous en êtes accommodé mieux que vous ne pensiez... Maintenant, vous aller continuer vos études.. Quand comptez-vous faire vos six mois comme médecin volontaire ?

— Dans trois ans, Monsieur le lieutenant, après mon examen d'Etat.

— Eh bien ! nous nous retrouverons quelque jour au cercle militaire, quand vous serez devenu officier.

Il avait dit cela d'un ton de camarade, sans y attacher d'importance. Mon silence le surprit. Et, d'une voix plus sèche :

— Sans doute, après votre semestre, vous ferez six semaines de service pour acquérir le grade de sous-aide major ?... Vous ne répondez pas ?

Je répliquai avec autant de tranquillité que je pus :

— Je compte renoncer aux services supplémentaires et, par suite, aux grades qu'ils me permettraient d'acquérir : toute perte de temps a son importance dans la carrière d'un médecin.

Il s'était un peu reculé. A son attitude abandonnée avait succédé la raideur et la morgue des officiers allemands. Il me regardait fixement. Je rectifiai mon attitude.

— Vous avez tort, volontaire Ehrmann. Chez *nous* (il souligna le mot), il faut toujours tâcher d'obtenir un grade élevé dans l'armée ; le grade apporte la considération et le prestige.

Sans doute, l'expression de ma figure le mécontenta, car il rougit un peu et continua presque durement :

— Mais dites donc une fois toute la vérité ; Messieurs les Alsaciens ne tiennent pas à devenir officiers allemands.

La question, si directe, me semblait difficile à éluder, mais, pour rien au monde, sur un tel sujet, je n'aurais renié mon sentiment. Et puis je pensais : demain, je serai parti ; demain, cet homme n'aura plus de pouvoir sur ma personne.

— Monsieur le lieutenant, lui dis-je, puisque vous me sollicitez de vous répondre en toute sincérité, je dois vous obéir ; je dois reconnaître, qu'en effet, notre tradition et notre attachement à la France nous rendent trop pénible le service dans l'armée allemande pour que nous ne cherchions pas à l'écourter le plus possible.

La franchise paisible de ma réponse parut plaire un instant à sa droiture militaire mais son orgueil l'emporta.

— Vous l'avouez donc : vous ne voulez pas être officier allemand ! Ainsi on vous fait l'honneur de vous l'offrir, et vous avez l'audace de le refuser. Par attachement pour la France ! Vous osez me dire cela en face ? Mais elle se fiche de vous, la France ! Et il faut être fou, triplement fou, comme vous l'êtes tous dans ce damné pays, pour ne pas comprendre que c'est votre bonheur que nous vous ayons repris. Vous nous devez l'ordre, la santé physique et morale.

Ah ! nos rapports peu à peu menés jusqu'à une sorte de collaboration, comme ils nous apparaissaient maintenant artificiels ! Brusquement, nous revenions à notre solide vérité, nous nous retrouvions deux ennemis héréditaires ! Fixé dans l'attitude réglementaire, du moins j'avais mes yeux libres, et mes yeux dans ses yeux lui parlaient, je pense... Exaspéré par mon regard, il accumula, en vociférant, tous les lieux communs allemands sur la désagrégation de la France qui bafoue son armée, sa religion et toute autorité, et que l'Allemagne achèvera d'enfouir pour qu'elle cesse d'infecter le monde... Mais soudain, ma figure pâle et le tremblement — c'est la fureur qu'il faut dire — de tout mon corps, l'avertirent qu'il devenait un agent provocateur. Alors, s'interrompant net, il partit.

Des personnes croiront que j'aurais dû le frapper. Ce n'est point mon avis. Il ne convenait pas que je cédasse à une excitation du hasard. Pas un instant, son discours ne m'a mortifié, mais bien plutôt je me sentais exalté, héroïsé par un grand afflux de force.

Au terme de mon volontariat, comme au début quand je m'interdis à moi-même de déserter, j'ai su mettre ma spontanéité au-dessous de ma raison ; j'ai maintenu devant mon regard les motifs qui me décident à rester en Alsace, et je me suis gardé pour ma tâche. Je n'étais pas à la disposition de cet orgueilleux Prussien pour modifier ma ligne de conduite sur ses incartades. En me réprimant moi-même, je lui ai fait voir un vaincu qui s'assure dans la conscience de sa supériorité et qui demeure non conquis. Cet Allemand voulait m'humilier, il m'a enorgueilli.

Je m'éloignai avec une prodigieuse connaissance de ma plénitude et de ma domination sur moi-même. Depuis trente-trois ans, pas une goutte du sang de mes pères n'avait été germanisée. Sous cet assaut bestial je me connus, plus sûrement que dans aucune minute de ma vie, fils de l'Alsace et de la France.

Mes talons résonnaient à réveiller tout un régiment, quand je montai les deux étages pour gagner l'appartement que le gigantesque maréchal-des-logis chef occupait avec sa femme. Je les trouvai en pleurs ; il me dit que leur unique enfant, une petite fille de trois ans, venait de mourir. Le pauvre géant ne pensait plus à prendre l'attitude militaire. Je lui serrai la main, et en gagnant l'hôtel de la « Ville de Bâle », je fis un détour pour commander une couronne.

Mes camarades avaient commencé leur déjeuner. Je dis la cause de mon retard. Ils n'en revenaient pas.

— Une couronne ? Mais pour quoi faire ? Vous quittez le service aujourd'hui.

Le lendemain, à mon réveil, comme je m'enivrais de ma délivrance, le maréchal-des-logis a fait irruption dans ma chambre. Il m'a pris les deux mains, et il sanglotait. Je crois qu'il aurait voulu m'embrasser.

— Vous êtes vraiment un grand cœur, Monsieur Ehrmann. Au moment où je ne peux plus vous servir de rien ! Monsieur, on doit le dire, les *Français* ont plus d'humanité que les autres.

Il m'a traité de Français ! C'est le dernier mot que j'ai entendu de cette caserne et l'un de ceux qui, de ma vie, m'aura le plus donné de plaisir.

CONCLUSION

Tel fut le récit de l'Alsacien Ehrmann.

Son accent était rude et parfois, dans ce « procès verbal », bien que je voulusse garder à chaque phrase sa force et sa loyauté, j'ai dû redresser des tournures. Peut-être que M. Ehrmann eût fait sourire un Parisien frivole par la satisfaction qu'il montrait nûment de ses mœurs et de ses allures françaises. On distingue chez lui quelques couleurs provinciales, qu'à Paris, avec plus ou moins de justesse, on déclarerait germaniques. Ce sont là des poussières : des poussières de la frontière sur l'uniforme d'un soldat. Elles me font mieux aimer ce jeune homme qui porte dans sa solide tête rhénane le bel héritage français.

En plus d'une réelle beauté morale, je trouve, dans ce récit d'un volontaire, la réponse à mon problème de Sainte-Odile. Non point une solution d'idéologue, mais la vivante réponse des actes.

A Sainte-Odile, je voyais la raison d'être et le devoir éternel de l'Alsace, mais je cherchais de quelle manière nos Alsaciens d'aujourd'hui adapteraient aux circonstances présentes leur séculaire volonté de ne pas subir. Comment agira, dans ce début du vingtième siècle, l'antique vertu alsacienne qui soumit toujours la brutalité germanique à la spiritualité latine? Comment cette « marche » demeurera-t-elle un instrument civilisateur français? Je me le demandais en vain.

On ne peut plus compter sur une croyance religieuse pour lier à la France les Alsaciens, comme du temps d'Odile le catholicisme les liait à la latinité. Leur tempérament militaire ne suffira pas davantage à les tenir sous le charme français, puisque, aujourd'hui, l'Allemagne impériale professe le culte des vertus guerrières. Leurs intérêts économiques? Mais, par suite de notre système protectionniste, les produits de l'Alsace ne peuvent plus s'écouler qu'au delà du Rhin.

Sur quoi donc étayer la France en Alsace-Lorraine?

C'est un problème que M. Ehrmann résout en agissant.

Après une terrible déception, il arrive naturellement, qu'on s'abandonne à de vaines lamentations ou bien à d'impuissantes menaces. Pourtant, c'est d'un homme faible. Que sert d'ouvrir toujours une vieille plaie? Pourquoi se diminuer ou s'irriter dans le sentiment perpétuel d'une infériorité? Par le bénéfice de l'âge, M. Ehrmann n'a pas vu, de ses yeux vu, les démoralisantes catastrophes de 1870. Mieux que ceux qui furent les témoins du malheur et qui mesurent les changements, il peut continuer de vivre. Il ne place pas la qualité française de l'Alsace dans le fait qu'un préfet français administre l'Alsace, ni dans le fait qu'un régiment français occupe la caserne de la place d'Austerlitz, ni dans le fait que les manufactures de Mulhouse écoulent leurs produits sur Paris. Ce sont là des faits politiques, militaires, économiques, que l'accident de 1870 a pu modifier, mais cet effroyable accident n'empêche pas M. Ehrmann de sentir en lui-même une délicatesse fière qui est l'honneur à la française, une politesse de mœurs qui est la moralité proprement française, et tout cela si fort mêlé au sang que, s'il se penche sur son cœur, il entend tout au fond : « Mieux vaut ne pas vivre que de vivre une vie où soient contrariées les tendances de mon âme. »

On posait à faux la question, quand on demandait s'il convient qu'un Alsacien-Lorrain quitte ou non sa petite patrie. Une partie demeurait, une autre s'exilait ; mais il était à redouter que, faute d'une juste vue du problème, ces deux résolutions demeurassent également infécondes. M. Ehrmann nous engage à nous tenir à notre véritable nature. Il nous prêche d'exemple qu'il faut retourner à notre vérité d'Alsaciens, formés héréditairement sous les mêmes influences et du même mouvement que la France. Nous devons continuer à faire notre emploi, et si quelque voie nous est bouchée, ingénieusement et tenacement, comme ferait un dialecticien, nos actes reviendront à l'assaut par un autre argument.

Préférer la France et servir l'Allemagne, cela semblait malsain, dissolvant, une vraie ruine intérieure, un profond avilissement. Les plus sages pensaient que cette contradiction engendrerait le machinisme, l'hypocrisie et tous les défauts de l'esclave ; mais M. Ehrmann se place d'une telle manière qu'une nouvelle vertu alsacienne apparaît sous notre regard. D'une équivoque est sortie une fière discipline, sans charme peut-être, ni gloire évidente, mais grave et qui réserve la force du passé avec l'espoir de l'avenir.

Du milieu de ces incertitudes, M. Ehrmann surgit comme un type. Il s'empare de la situation pour produire une nouvelle et magnifique activité conforme à l'antique activité alsacienne. Sur cette terre alsacienne évacuée par nos soldats, trente-deux ans après le dernier coup de fusil, d'innombrables irréguliers peuvent encore couvrir la pa-

trie française : le médecin dans sa clientèle, l'avocat au Palais, l'industriel, le propriétaire rural doivent agir comme M. Ehrmann a fait au régiment.

C'est une conduite qui ne peut être réglée par des principes exacts ; c'est un art auquel on propose un but ; chacun, dans la sphère d'intérêt où il agit, se défendra de subir ; chacun se proposera de se maintenir et de rayonner ; chacun tendra à manifester ce que la France garde de supériorité dans son échec militaire. Heureux si le vaincu parvient à mettre en suspicion, dans la conscience de ses vainqueurs, leur propre civilisation.

La besogne, modestement accomplie par M. Ehrmann à la vieille caserne d'artillerie de la place d'Austerlitz, c'est celle des légionnaires de Rome sur le Rhin et d'Odile à la Hohenburg. Il est une garde avancée, on disait autrefois une garde folle, de la latinité, un défenseur de nos bastions de l'Est. Au service de l'Allemagne, comme il eût été, jadis, au service de la France, il est le traditionnel héros alsacien.

Un héros ! non point ce qu'on nomme ainsi dans une médiocre littérature, mais un homme plein de sa terre et de sa race, qui, par sa libre volonté, au prix de joyeux sacrifices, se range dans sa prédestination. Quelle honnête souplesse chez M. Ehrmann ! D'une race où la tête est si chaude, il atteint par nécessité à une sûre possession de soi-même. Il tient à distance ses compagnons de caserne et agit envers eux, tantôt avec bonté, tantôt avec sécheresse, pour des raisons raisonnées. Est-il au monde une tragédie plus noble et plus éducatrice que ces mouvements d'un instinct qui s'arrête et raisonne les obstacles ?

La vue claire et le respect du fait, voilà ce qui, en s'alliant à la magnanimité intérieure, constitue le véritable héros.

Et pourtant, lorsque M. Ehrmann eut fini, je n'essayai pas de lui exprimer ma respectueuse admiration. Qui étais-je pour dire à cet Alsacien français : « Vos morts se réjouissent que vous acceptiez de souffrir pour les continuer. » C'est à l'Alsace et à la France de dire cela. Mais l'Alsace est muette et la France empêchée. Eh bien ! M. Ehrmann peut se passer d'encouragement : il est né pour ressentir des passions vigoureuses, et dans une époque où tant d'hommes ne se connaissent pas de but, celui-là,

du moins, sait à quoi faire servir sa virilité, sa jeunesse, ses forces d'amour et de haine.

J'avais remarqué qu'il rassemblait sur Mme d'Aoury la fleur des qualités françaises, la douce fierté, le tact, la mesure, le sourire, et qu'il se faisait une joie d'opposer un peu naïvement cette jeune femme aux Allemandes. Aussi, pour le remercier, je lui dis simplement que je rapporterais à Mme d'Aoury l'emploi de son temps au service.

— Oui, dit-il, pourvu qu'elle consente à vous écouter de toute sa raison française.

NOTES

AU

Service de l'Allemagne

(1) Que l'on me passe un peu d'histoire. C'est au commencement du v⁵ siècle que Rome, obligée de se protéger elle-même, rappela en Italie les dernières légions qui protégeaient le Rhin. L'Alsace devint tout entière la proie des barbares qui la possédaient déjà en partie, et la Lorraine fut entamée. Sur ces régions, les éléments celtiques et latins furent assujettis aux éléments germaniques ; la langue allemande succéda au latin comme langue dominante.

M. Pfister a relevé la limite de la langue française et de la langue allemande en Alsace-Lorraine : elle permet de déterminer jusqu'où s'établirent en masse les Germains des grandes invasions. Du vi⁵ siècle, jusqu'à 1871, c'est-à-dire en 14 siècles, rien n'avait bougé dans ces régions. Parfois même, notre influence politique et morale monta vers l'est, plus haut que Rome n'avait jamais atteint.

Mais depuis 33 ans, nous fléchissons.

Là-dessus, je demande à traiter un point de fait : Je vois avec inquiétude, dans la Lorraine restée française, des chapelles où, depuis peu, l'on prêche en dialecte alsacien.

Les raisons de cette innovation sont fort touchantes et respectables.

Je me permettrai pourtant de les contredire. Il ne faut point que par une fausse sentimentalité, nous collaborions aux progrès de la langue allemande sur un territoire où jamais le fond gallo-romain ne fut entamé ; il ne faut point que les professeurs d'outre-Rhin, qui disent que leur nationalité va jusqu'où vont leurs dialectes, puissent s'annexer notre Lorraine sur leurs cartes linguistiques.

Que les Bretons parlent breton en Bretagne, les Provençaux, provençal en Provence, les Alsaciens, alsacien en Alsace ; fort bien, à condition que ces provinciaux soient bilingues. Mais sur notre nouvelle frontière de l'est, il faut considérer un intérêt national : je ne puis rester indifférent au fait qu'il y a un siècle, nous avons porté notre langue sur la rive droite du Rhin, et que j'entends, au début du xx⁵ siècle, des prêches publics en allemand dans Nancy et dans Lunéville. Il me semble que le patriote qu'est l'évêque de Nancy acceptera la justesse des observations que je lui soumets.

(2) On pourrait multiplier les preuves de cet esprit constructeur de la loi allemande, en opposition avec l'esprit niveleur et égalitaire, tranchons le mot, destructeur de notre législation. — Tandis que la France défend que l'on reste dans l'indivision plus de cinq ans, l'Allemagne permet de reculer le partage d'une succession à trente années. — L'Allemagne donne au père plus de latitude que chez nous pour avantager l'un de ses enfants, ou même un étranger. — En France, une donation faite de son vivant par le père à l'un de ses futurs héritiers ne demeure à celui-ci que jusqu'à concurrence de la quotité disponible au moment de la succession. En Allemagne, cette générosité ne sera pas décomptée, pourvu qu'elle ait précédé de dix ans au moins le décès du père. (2)

(3) Les Alsaciens-Lorrains subissent des insti-

tutions mal appropriées à leur degré de civilisation. Excellente peut-être au delà du Rhin, telle
volonté du nouveau Code sera corruptrice en deçà.
Par exemple, une vente d'immeubles, aujourd'hui,
en Alsace-Lorraine, doit être passée en justice
ou devant notaire pour être valable. Au contraire,
selon la loi française, elle vaut dès que les parties sont d'accord sur la chose et sur le prix, et
cet accord peut être prouvé par des témoins, par
des lettres privées et par le serment. La légalité
française se fonde sur l'honnêteté des parties.
Mais devant le tribunal allemand aucun témoignage ne peut être invoqué, pas même le serment.
C'est la mort de la parole d'honneur. Et des
hommes de loi m'ont dit qu'ils étaient effrayés de
l'affaissement d'honnêteté produit en peu de
temps par cette légalité nouvelle.

(4) Les descriptions du mont Sainte-Odile, ce
centre de la contrée, ce nombril de l'Alsace,
comme auraient dit les Grecs, sont fort nombreuses. Citons comme une belle variation litté-
raire les pages de Taine dans ses *Essais de Critique et d'Histoire* et pour sa rigueur historique
l'ouvrage de Ch. Pfister, *Le duché mérovingien
d'Alsace et la légende de Sainte-Odile*. Au monastère, ce que l'on vend de mieux, c'est une
Sainte-Odile, patronne de l'Alsace, publiée en
1901, par M. Henri Welschinger dans la collec-
tion *Les Saints*.

(5) Sur la côte de Sion, la chose est certaine,
Rosmertha était adorée et elle guérissait ; presque
toujours, son nom se lie à celui du Mercure Gaulois, son père et son amant, honoré, lui, sur le
Donon. C'est un malheur que nous soyons igno-
rants des vertus de cette Rosmertha, car elles
durent passer à la vierge chrétienne qui, selon la
coutume, lui fut substituée.

(6) En 1903, les recrues allemandes faisaient
généralement deux années; les mauvais soldats,
trois.

APPENDICE

Il ne fallait pas émigrer

Français, à vous juger sur certaines conversations et sur quelques articles des journaux que vous lisez, vous ne possédez pas une idée précise des conditions morales où vivent les annexés en Alsace-Lorraine.

Si les Alsaciens-Lorrains enduraient les brutalités qui dégradent l'Irlande, comme ils vous intéresseraient ! Leur misère vous emplirait d'émotion. Mais vous leur en voulez un peu de ce qu'ils ne sont point assis tout nus sur les décombres de leurs fermes. « Ah ! nous fûmes bien naïfs de tant applaudir, il y a vingt-cinq ans, les complaintes sur l'Alsace-Lorraine dans les cafés-concerts. » Et vous commencez de raconter quelque petit voyage que vous fîtes en Allemagne.

En traversant l'Alsace, vous avez vu depuis votre wagon des blés, des vergers, des vignes, des houblons, des bestiaux, du soleil et des gens bien vêtus ; dans Metz et dans Strasbourg, votre cocher vous montra de vastes monuments tout neufs où l'on n'a pas épargné la dépense ; les vieux indigènes vous parlèrent bonnement des tarifs douaniers, de la canalisation de la Moselle ou du Rhin, voire de la Comédie-Française. Un Allemand, pour qui vous aviez des lettres, vous traita avec courtoisie, et le soir, en buvant de la bière meilleure et moins chère que chez vous, vous pensiez simplement que nous sommes à plaindre d'avoir perdu de si riches provinces. « La victime, disiez-vous, c'est moi ! » Après cela, vous avez poussé au delà du Rhin,

en Allemagne. L'Empire allemand met en façade ce qu'il a de plus beau, sa puissante administration, et vous n'avez pas pu distinguer ce qui vous choquerait à l'usage, à savoir l'infériorité des mœurs allemandes. Cependant votre esprit s'élargissait : « Peste ! disiez-vous, ces Alsaciens-Lorrains sont annexés à une nation forte et ils profitent de bien beaux chemins de fer, de bureaux de poste incomparables, et d'une discipline supérieure. » Je ne dis pas que vous priez Guillaume de vouloir bien régner sur la France. Tout le monde ne cause pas avec l'Empereur. Mais, par un phénomène assez simple, vous vous imaginez savoir que les Alsaciens-Lorrains sont enchantés et qu'ils ne voudraient plus redevenir Français.

Eh bien ! mon cher voyageur, vos observations ne sont pas seulement d'une insipide trivialité, je les déclare fausses. Vous n'avez rien vu, rien compris. C'est à croire que vous pensez avec votre ventre plutôt qu'avec votre cerveau. Recommencez votre voyage, au coin de votre feu, avec un René Bazin. Vous avez parcouru les rues et les brasseries : il vous mènera dans les maisons et dans les consciences.

Entrons chez les Oberlé. De bons bourgeois, un type de famille reproduit sur la terre d'Alsace à des milliers d'exemplaires. Ils habitent l'une de ces innombrables maisons riantes que vous avez vues de votre wagon ; ils exploitent une scierie.

Voici d'abord le grand-père. Il a été député protestataire après la guerre ; c'est aujourd'hui un vieillard, presque paralytique et aphasique ; son demi-gâtisme n'a pas affaibli sa protestation. Dans sa retraite, il demeure intraitable et révolté contre la catastrophe qui le fit Allemand.

Son fils, Joseph Oberlé, qui dirige aujourd'hui la scierie, était autrefois dans les mêmes idées irritées. Mais il s'est vu mené près de la ruine par la vigueur de l'administration allemande contre les « mauvaises têtes ». (Cette puissance, que vous admirez dans l'administration allemande fait d'elle un merveilleux instrument pour saisir et broyer qui lui déplait.) L'égoïsme économique a triomphé en Joseph Oberlé du patriotisme, et, pour réparer la fortune de la famille, d'année en année, il est devenu conciliant. Aux prochaines élections, il pourra être candidat du gouvernement. C'est l'industriel ambitieux et fier de sa richesse ; c'est l'homme aux idées pratiques : « A quoi bon s'obstiner ! L'Allemagne est trop forte et la France se désintéresse de l'Alsace. »

Sa défection n'est pas allée sans souffrance ; il a dû rompre des amitiés, des liens de toutes sortes. Sa femme est une Alsacienne, c'est-à-dire une épouse soumise et une mère excellente. Elle ne pardonne pas à son mari ses opinions nouvelles, mais son devoir est de se soumettre. Elle accepte de l'accompagner dans ses visites officielles, puisque son abstention lui nuirait. Elle souffre en silence. Pour épargner de tels tiraillements à son fils et à sa fille, Joseph Oberlé les fait élever en Allemagne.

Alors que la fille a pris goût à l'éducation cosmopolite de son pensionnat de Baden-Baden et que, tout occupée des trois langues qu'elle parle, de sa bicyclette, de son lawn-tennis, elle ignore la nationalité alsacienne, le fils a été poussé par un instinct secret à lire, à s'initier au génie de la France. Sa vie en Allemagne a produit un résultat tout opposé à celui qu'attendait son père : il a appris à mépriser et non point à haïr les Allemands ; il a reconnu la générosité et le goût du génie français en comparaison d'une civilisation toute de discipline et d'érudition. Ce jeune homme est froissé par la prédominance constante chez les Allemands de la raison sur le cœur, par la dureté du frottement social, par leur absence de nuance et de mesure dans les relations d'homme à homme, par l'implacabilité et l'absolutisme dans toutes les circonstances où son hérédité de culture française voudrait du tact et de la « gentillesse ». Enfin, le fatras de l'érudition l'écœure, car il a un besoin inné de clarté et de spontanéité.

Cette réaction d'un jeune Alsacien-Français contre le germanisme (exagéré encore par l'Impérialisme et par la Prusse), je vous la décris exactement, mais en termes insuffisants. C'est qu'il n'est pas facile d'éclairer ces profondeurs de la conscience où se gardent les germes déposés par deux siècles de culture française.

Joseph Oberlé destine son fils Jean à une carrière dans l'administration d'Alsace-Lorraine. « Je me rallie pour vous, mes enfants ; j'en souffre, vous en aurez les bénéfices. » Mais le jeune homme refuse ; il reprendra plus tard la scierie. En attendant, installé dans la maison paternelle, il parcourt les coupes de bois, en compagnie d'un frère de sa mère. Celui-ci, l'oncle Ulrich, est un type très fréquent. C'est l'homme qui hait les Allemands, qui vit dans la montagne pour les éviter et qui guette toujours l'heure où paraîtra le premier pantalon rouge. C'est un grand chasseur ; il a une longue-vue sur le dos, « qui a vu le derrière des Prussiens à Iéna ». D'ailleurs il n'agit pas. Que pourrait-il ? Il est *excellent et stérile*. Dans leurs promenades, le jeune Oberlé apprend à connaître son petit pays d'où son père l'avait écarté. Toutes les idées qui flottaient en lui deviennent fermes : il veut être bon Alsacien, servir sa terre et ses compatriotes.

Malheureusement, l'époque approche où il doit faire son année de volontariat. Son père a choisi pour lui le plus brillant régiment de Strasbourg. Un officier de ce régiment brigue la main de sa sœur rencontrée dans un bal officiel. Ce projet de mariage est une grande souffrance pour le jeune Alsacien qui sent ce qu'il y a d'immoralité et de désastre dans un tel affront à la cause alsacienne. Lisez Bazin, lisez la grande scène dramatique où le vieil Oberlé, le grand-père qui se désespère de voir sa maison devenir allemande, ordonne à son petit-fils de partir. « Va-t'en ! » trouve-t-il la force de crier. Jean Oberlé passe la frontière.

Je ne vous raconterai point davantage le roman. Il vaut littérairement par le pathétique. Il vaut socialement par la vérité des types. J'aime moins son intrigue, faut-il le dire ? Il y a des rencontres, certain dîner, qui ne sont point possibles entre Alsaciens et Allemands ; et puis c'était inutile de compliquer par une désertion l'émigration de Jean Oberlé : il pouvait si paisiblement prendre le train avant que d'entrer au régiment ! Enfin, M. Bazin n'est point saturé et sursaturé d'Alsace, cela se sent. Mais la tragédie est fortement posée et je ne saurais assez dire avec quelle justesse d'accent dans l'émotion, avec quelle vérité, quelle loyauté dans les portraits.

... Je me retourne vers le voyageur qui, au début de cet article, trouvait nos annexés si heureux.

Tiens ! cette maison riante, ces beaux jeunes gens, cet industriel orgueilleux et solide, ce vieux grand-père vénérable, cette mère si douce, sereine, estimable ! Aurions-nous cru que tous ces types d'humanité moyenne cachaient un tel drame ? En effet, si l'un des messieurs Oberlé est monté dans votre wagon et si vous lui avez demandé du feu pour votre cigarette, il ne vous a pas ouvert en même temps que sa boîte à allumettes son cœur. Mais, vous m'entendez bien, chez tous les Alsaciens, chez tous les Lorrains, il y a des puissances de drame. Dans chaque famille, et comprenez bien ceci, dans chaque conscience, il y a de la discorde. Dans chaque conscience ? Oui, c'est le plus grave. *L'opération politique qui consiste à détacher par force une province d'une nation et d'une civilisation, pour la transporter dans un autre groupe social, compromet l'unité morale de chacune des âmes annexées. L'annexion imposée obscurcit le devoir. Elle force à recourir aux casuistes.* Vous faut-il des exemples ? Quelle est la règle qui s'impose avec évidence à un Alsacien-Lorrain soldat allemand, en cas de guerre franco-allemande ? Manquera-t-il à son honneur de soldat allemand et désertera-t-il ? tirera-t-il sur ses frères français ? tirera-t-il sur ses camarades de chambrée allemands ?

Bazin nous a décrit une des tragédies de l'annexion ; la vie, avec ce qu'elle a de varié, de peu analogue, de spontané dans mille sens divers, crée en Alsace-Lorraine mille tragédies qui toutes naissent de ceci que nos soldats furent vaincus en 1870.

(Faisons en passant notre profit de cette observation et déclarons bien haut que la première sauvegarde de la moralité, c'est d'avoir des fusils, des canons, des soldats disciplinés et des chefs non contestés).

Là-dessus le Français à qui « l'on n'en fait pas accroire », celui qui a voyagé en Alsace et qui a constaté la germanisation, me ramène au principe de notre querelle :

— En tout cas, Bazin me donne raison. Voilà ce Joseph Oberlé, un gros industriel, qui accepte le fait accompli et qui se fait Allemand. Voilà sa fille qui se désole de ne point épouser un officier allemand.

— Permettez, voyageur! Cette petite pécore eût préféré un joli hussard de chez nous. Vous voyez bien qu'elle ne comprend rien à son fiancé allemand, pour qui elle est également une lettre close. Que Mlle Oberlé ne pense jamais à la France, il n'empêche que la pauvre innocente est préparée par deux siècles de culture française à sentir à la française. Il n'est pas mal du tout, son officier allemand. J'admire M. Bazin de n'avoir pas dégradé cet adversaire. C'est avant tout un solide compagnon, de bonne race guerrière, orgueilleux plus qu'on ne saurait dire, et par conséquent hautain, autoritaire, très brave en outre. Il faut savoir le point central d'un militaire prussien, sa fidélité absolue à son empereur. « Nous sommes les fidèles Germains. » Mais voilà ce qu'ignore, ce que ne peut pas sentir cette petite fille; elle demeure stupéfaite de la brutale décision avec laquelle son fiancé la quitte pour jamais et court après le frère déserteur qu'il voudrait faire fusiller. Avec un officier français, il y aurait eu, je crois, des accommodements : peut-être une certaine générosité envers la jeune fille eût-elle été comprise, excusée, conseillée même par les camarades de l'officier; peut-être le cas d'un vaincu qui retourne à sa patrie d'origine n'eût-il pas jeté le déshonneur sur une sœur amoureuse.

Cette générosité large et qui nuance ses jugements selon les cas, la jeune Oberlé l'espérait : c'est que ses sentiments ne s'accordent point avec l'intraitable « fidélité » allemande; c'est qu'elle est Française.

Quant au père, à Joseph Oberlé, je ferais injure à mes lecteurs si je croyais utile de leur démontrer qu'il fait l'Allemand par intérêt, mais qu'il en est fort contrarié, honteux, et jusqu'à en souffrir. En tous pays, nous connaissons les ralliés. Ah! que les pantalons rouges apparaissent aux défilés de Saverne qu'immortalisa Turenne, et ce candidat officiel au Reichstag redeviendra un fameux Français. Et personne, dans cette embrassade générale, ne voudra lui faire d'affront. D'autant qu'il déploiera un zèle! Après tout, ce Joseph Oberlé, c'est quelqu'un comme Ugolin qui mangeait ses enfants pour leur conserver un père : il trahit la France pour qu'un Français garde une autorité sociale en Alsace.

Et je ne jurerais point que Joseph Oberlé se trompe! Peut-être l'histoire, qui ne considère que les résultats, saura-t-elle plus de gré aux Alsaciens qui maintinrent en Alsace le sang alsacien, et, par suite, la culture française, qu'à ceux qui se replièrent sur la France.

Il obéit à son grand-père, le vaincu de 70, plus qu'à son instinct propre et à sa confiance dans la vie, ce noble jeune homme qui passe la frontière et se réfugie chez nous. Certes, nous l'accueillons avec une grande sympathie, parce que nous avons besoin de ces bonnes races de l'Est qui manquent d'éloquence et qui prennent le temps de penser avant de parler, mais la scierie passera aux mains des Allemands! A-t-il réfléchi là-dessus avec une parfaite abnégation? Une influence germanique se substituera sur les pentes de Sainte-Odile à une famille terrienne, pleine, qu'elle le sache ou non, des forces et des voix de la France. Jean Oberlé, généreux garçon que je salue avec respect, voulez-vous être un héros? Ne quittez point l'Alsace ! — « Eh ! dit-il, qu'y puis-je faire d'utile, humble suspect en face d'un empire colossal? » — Je ne vous demande point d'agir, mais seulement de vivre. Je ne vous demande même point de protester, mais naturellement chacune de vos respirations sera une respiration rythmée par deux siècles d'accord avec le cœur français. Demeurez un caillou de France sous la botte de l'envahisseur. Subissez l'inévitable et maintenez ce qui ne meurt pas.

La Conscience alsacienne

Je causais avec Stanley : « Dans ma traversée de l'Afrique, me dit-il, au milieu d'immensités que désole une perpétuelle anarchie, un petit chef me rendit de véritables services. Pour les reconnaître, à ce noir sympathique et à son entourage (des gens bien incapables de s'inventer une religion), je donnai le christianisme. Ils en comprirent ce qu'ils purent, mais ce fut fait de l'anarchie : ils avaient dès lors un lien social. Aujourd'hui le petit chef règne sur un vaste territoire où le cadeau d'un passant a mis une façon d'unité morale... »

J'aime ce fait que m'a fourni un homme, un véritable homme et non point un idéologue, mais un dur Anglais positif. Les plus humbles des nègres et nous-mêmes, si nous voulons vivre en société (et hors de la vie sociale, rien que terreur, ignorance et misère), il faut d'abord que nous ayons en commun quelque sentiment qui ne soit plus discuté, qui donne une prise et qui permette à telles paroles, à tels actes d'accorder soudain toutes nos âmes. Autour de la vérité fournie par Stanley, pour peu qu'elle s'adapte à la race et au climat, une tradition, une civilisation indigènes ne manqueront point de se former. Il n'y faut que de l'esprit de suite.

Hélas! cette tradition, mille causes venues du dehors peuvent la gâter, la détruire...

On écrirait un beau livre sous ce titre : « Comment les nations finissent! » Mais d'abord on voudrait savoir sur quoi elles se fondent. De quoi sont faites la conscience française ou l'allemande ou l'anglaise? Nul principe général. C'est une série de cas ou d'espèces.

Il y a bien des manières, pour un pays, de posséder l'unité morale. Le plus souvent, des institutions traditionnelles ou bien une dynastie fournissent un centre, fixent une direction, lient tous les mouvements, accordent les efforts (comme si un plan avait été combiné par un cerveau supérieur) et inspirent enfin les sentiments de vénération nécessaires pour qu'un individu accepte de se subordonner. D'autres fois, certaines collectivités arrivent à prendre conscience d'elles-mêmes organiquement : c'est le cas pour l'anglo-saxonne et la teutonique, qui sont de plus en plus en voie de se créer comme races.

Les Alsaciens ne sont pas liés entre eux par quelque attachement à des institutions ou à une dynastie indigènes, ils ne se connaissent pas comme une race particulière : et pourtant il y a une conscience alsacienne!

C'est que, dans la souffrance, les peuples naissent à la vie morale, s'unifient et se resserrent sur leurs réserves héréditaires. Sous le dur sabot du cheval de Napoléon, l'Allemagne s'éveilla, se définit, lia ses mouvements; de même l'Italie du Nord sous l'Autriche. La conscience des antiques populations qui habitent la marche d'Alsace, s'est formée, s'est condensée, dirais-je, sur un territoire bien défini que pressent alternativement les Celtes et les Germains. C'est au milieu des plus brutales émotions que les Alsaciens ont pris une claire connaissance commune de leurs ressources, de leurs besoins, de leur centre et de leur but. Une claire connaissance ou parfois rien qu'un vif sentiment. C'est assez pour faire une unité morale. Elle durera tant que les Alsaciens considéreront leur libre disposition d'eux-mêmes comme favorable à leur bien-être et à leur honneur, tant qu'ils jugeront qu'à renier leur nationalité, ils se diminueraient.

Cette volonté de vivre, ce petit pays l'a eue à travers les siècles, mais depuis trente-trois ans, chaque jour, elle va parlant plus haut et plus clair. Jadis notre territoire était sectionné en une multitude de comtés, seigneuries, prévôtés, bailliages, évêchés, abbayes, villes libres et terres nobles; puis nous nous fondîmes avec complaisance dans les destinées françaises : aujourd'hui les Alsaciens se connaissent comme les citoyens d'une même patrie. Ils aspirent à régler eux-mêmes leurs intérêts matériels, et, pour maintenir les conditions les plus favorables à leur culture morale, ils ne voient rien de mieux que de se rattacher à la terre de leurs morts. Dans leurs âmes leur nationalité est si vivante que la pire injure, c'est s'ils disent à l'un d'eux : « Tu n'es plus un véritable Alsacien. » Que l'univers déclare s'il a vu jamais, dans aucun siècle, aussi clairement que dans la minute présente, le caractère, le rôle et la volonté de cette petite Alsace qu'il admire et qui le gêne?

On voudrait marquer, définir, aider (le tout, brièvement, mais on y reviendra) cette conscience collective de l'Alsace; on voudrait donner leur plein sens à deux institutions récentes : *la Revue alsacienne illustrée* et *le Musée alsacien*, qui sont à la fois des témoignages et des moyens de cette persistance nationale.

I

La Revue Alsacienne illustrée

Il ne faut point oublier que notre vie alsacienne est un phénomène assujetti à des conditions déterminées, à celles-là mêmes qui, durant des siècles, présidèrent à notre formation ; aussi, pour un patriote alsacien, quelle tâche plus utile que de marquer ces nécessités et de nous incliner à les aimer ?

A cette tâche, sans raideur ni pédanterie, la *Revue alsacienne illustrée* s'emploie. Elle se propose d'être un cours d'éducation alsacienne complète. Elle ramène notre imagination jusqu'à la préhistoire. Elle convie les anthropologues à nous exposer de quelles races se peupla d'abord le sol de la vallée rhénane, et comment ces premiers Alsaciens, qui étaient des Celtes, s'attaquèrent, pour les dominer, aux forces naturelles qui nous pressent encore. Mais, fort justement, c'est aux périodes modernes que la revue s'attache de préférence, car nous avons nos plus pressants devoirs envers les générations dont nous sommes les héritiers immédiats : il faut que nous mettions aux mains de nos fils un bagage reçu de nos pères, qui le tiennent eux-mêmes d'une chaîne obscure, infinie...

Biographies des Alsaciens qui se firent remarquer dans les arts, dans les sciences, dans l'industrie, dans la politique, à la guerre ; descriptions géographiques ou pittoresques de notre terre ; détails sur les coutumes et sur l'art indigènes ;

nécrologie au jour le jour de nos notables : tout doit servir, car de quoi s'agit-il, en somme ? Il s'agit, ne l'oublions point, de favoriser chez les enfants alsaciens toutes les influences familiales, régionales, historiques et professionnelles : il s'agit de les raciner dans la terre de leurs morts. Ils n'en tireront point une règle expresse, mais une sorte de piété infiniment riche et vibrante, une orientation qui, sans les contraindre, leur désignera leur honneur propre.

La *Revue alsacienne* a le bon sens d'accumuler des faits alsaciens et de laisser le lecteur subir paisiblement l'action de ce climat moral qu'elle lui compose ou restitue. Elle vaut comme une enquête indéfiniment ouverte, mais elle évite de conclure par un système du parfait Alsacien. Aussi bien, la tradition alsacienne (non plus qu'aucune tradition) ne consiste point en une série d'affirmations dont on puisse tenir catalogue, et, plutôt qu'une façon de juger la vie, c'est une façon de la sentir : je la définirais volontiers une manière de réagir commune en toute circonstance à tous les Alsaciens.

Il y a une discipline alsacienne, — disons le mot : une épine dorsale alsacienne. Celui qui naît entre les Vosges et le Rhin, d'une longue suite de générations toutes dressées par les mêmes conditions de vie, est physiquement prédisposé à sentir les choses d'une certaine manière. Les morts lui ont créé une sorte d'automatisme moral. Même s'il quitte ses tombeaux, il ne sera pas nécessairement un déraciné ; où qu'il aille et plongé dans les milieux les plus dévorants, il demeurera la continuité de ses pères et, pendant un long temps encore, participera de la conscience alsacienne.

II
Le Musée alsacien

Dans les profondeurs de cette conscience alsacienne, il y a plus de ressources qu'on n'en peut
amener sous le jour de la raison. Certains mots
éveillent chez un digne Alsacien un si grand
nombre d'idées que c'est comme le bruissement
de la forêt sous un coup de vent; mais, plus
profondément encore que ne feraient les mots,
certaines images, tels paysages, tels objets, peuvent ébranler en nous des pensées flottantes, des
songes sans forme, des aspirations indéterminées,
tout le pêle-mêle qui sert de support à notre
âme raisonnante. Aussi des chapitres d'histoire,
des biographies, des portraits de nos plus illustres
morts, bref la *Revue alsacienne illustrée*, c'est
parfait, c'est indispensable. Mais, pour émouvoir,
notre vénération déjà avertie, instruite, rien ne
vaut la figure même de l'Alsace.

Il n'est point de patriote complet, s'il n'a erré
avec familiarité sur les routes et dans les sentiers
de la plaine et de la montagne et dans les rues
de nos villages. Le terroir nous parle et collabore à notre conscience nationale aussi bien que
les morts. C'est même lui qui donne à leur action
sa pleine efficacité. Les ancêtres ne nous trans-
mettent intégralement l'héritage accumulé de
leurs âmes que par la permanence de l'action
terrienne. C'est en maintenant sous nos yeux les
ressources du sol alsacien, les efforts qu'il ré-
clame les services qu'il rend, les conditions enfin
dans lesquelles s'est développée notre race forestière, agricole et vigneronne, que nous compren-
drons comme des réalités et non comme des mots
nos traditions nationales.

La maison, les ustensiles, les costumes, établis
selon un type traditionnel, avec des matières du
pays, ont été lentement appropriés à toutes nos
nécessités par le climat, par les coutumes, par
les besoins de la vie. Témoins sincères de notre
passé, ces objets insensibles nous disent sans erreur, quelles furent chez nos ancêtres les manières de vivre et de chercher le bonheur. Il est
nécessaire de les recueillir. Le patriotisme, en
tous pays (à Bâle, dans Arles, à Nuremberg),
s'appuie sur l'ethnographie, science qui se propose
de décrire méthodiquement les peuples. Et voilà
pourquoi, à Strasbourg, de fervents Alsaciens
viennent de créer le *Musée alsacien*, qui double
et complète la *Revue alsacienne illustrée*.

Marquons-le d'abord avec force : on ne veut
point assembler dans des vitrines des objets beaux
ou pittoresques; on veut reconstituer des milieux
et des scènes de la vie alsacienne pour fournir un
tableau fidèle des coutumes de l'Alsace.

Les organisateurs du *Musée alsacien* parcourent
le pays, et dans chaque village ils répètent :

— N'avez-vous pas quelques objets qui vous
viennent de famille et dont vous ne fassiez rien
des outils, des armes, des meubles, des habits du
temps passé?

— Oh! nous n'avons rien de rare.

— Voulez-vous que nous montions sur votre
grenier?

Dans les premiers mois, avant que les séries
commençassent à se constituer, on n'en descen-
dait jamais les mains vides. Et, notons-le en passant, maintes fois les plus pauvres gens, puisque
c'était pour faire aimer l'Alsace, refusèrent qu'on
les payât. Ils disaient :

— Emportez! nous serons assez contents si c'est
dans le Musée.

Bien que l'ethnographie ne cherche ni la beauté
ni le pittoresque, il arrive presque nécessairement
que ses collections enchantent les artistes, car
ce qui fut adapté à un usage précis, durant une
longue suite de temps, chez un peuple noble, ne
saurait manquer de style. Telles quelles, d'ailleurs, ces vieilles choses ébranlent la piété filiale,
la vénération d'un Alsacien. Les gens du peuple
ne sont pas prêts pour juger et comprendre les
tableaux et les sculptures; mais quand ils voient
dans un musée un objet dont usaient leurs grands-
pères, ils se le montrent avec un attendrissement
secret et ils disent : « Nous sommes d'une nation
à part, puisque ces anciens costumes, cette huche,
ce rouet, ces images de baptême arrêtent l'étranger! » Voilà des passants devenus songeurs et qui
sentent le fil de la race.

Celui qui visite la vieille maison du quai Saint-
Nicolas est d'abord arrêté par la façade, ornée
d'une échauguette et couronnée d'un toit immense, qui date de la fin du XVI° siècle. La cour
pittoresque avec ses galeries circulaires en bois
lui offre un exemple tout à fait typique de l'architecture alsacienne. Il parcourt l'immeuble,
dont certaines parties remontent au XVI° siècle;
il examine tous ces objets usuels et familiers, ces
meubles ornés de peintures, de marqueteries ou
d'incrustations, ces poêles de faïence peinte, ces
armes à devises, ces pots à vin en faïence blanche
et ces canettes en étain, ces moules à gâteaux ou
à fromages, ces coiffes de paysannes qui permet-
tent de reconstituer toute l'histoire à travers les
âges du fameux « nœud alsacien », ces nombreux
costumes féminins de soie, de velours, de toile,
lamés d'or ou d'argent, brodés de paillettes,
égayés de dentelles... Il est amusé et instruit.
Une petite heure de plaisir vient de le renseigner,
mieux que ne le ferait toute une vie de lecture
sur la civilisation matérielle en Alsace, sur notre
« culture des sens » si admirée des Allemands,
qui rangent sous cette expression l'architecture,
l'ameublement, la tenue des maisons, l'art culi-
naire et toutes les commodités.

Pénétrer ainsi dans la demeure close et, je puis
dire, dans l'intimité de nos notables, de nos
bourgeois et de nos paysans, pour un étranger,
c'est un magnifique divertissement : c'est sortir
de soi-même. Mais pour un Alsacien, c'est mieux
encore, c'est se replier sur soi-même.

Repliement qui n'est point vain attendrissement ou sommeil, mais reprise d'énergie au con-

tact de nos morts. Nous sommes les prolongements de nos parents. Pour fortifier notre personnalité, il faut nous placer dans une suite et nous tenir liés à ceux de qui nous avons hérité. Il importe à notre santé morale que nous laissions les concepts fondamentaux de nos morts parler en nous. Comment mieux les entendre que si nous maintenons les conditions de vie où ils se développèrent eux-mêmes?

Cet humble trésor familier de l'Alsace, pendant une longue suite de siècles, à travers mille vicissitudes, nos pères le constituèrent. Il ne nous aide point seulement à connaître son roi et sa reine, l'Alsacien fier et tenace, l'Alsacienne ordonnée et tendre. Il nous élève au-dessus de la minute présente, au-dessus de notre courte destinée et des misères passagères. En nous rattachant à toute la lignée des ancêtres, il nous enseigne que nous sommes les héritiers d'une longue gloire. De grandes et puissantes nations, aujourd'hui favorisées, n'existaient pas encore, que déjà l'Alsace aidait à la civilisation générale. Il est bon qu'un peuple s'estime à sa juste valeur, pour qu'il refuse de subir des influences parfois inférieures. Quand les Alsaciens voient leur supériorité, que nul ne conteste, ils sentent grandir leur contentement intérieur et aussi leur volonté de demeurer Alsaciens.

Ces objets inanimés, dans ces salles silencieuses, semblent baignés d'une quiétude comparable à la paix où reposent nos morts. Ils vont pourtant vivifier nos âmes. C'est ici notre maison paternelle à tous, c'est ici l'atmosphère où se prépara l'héritage de vertus dont il faudra qu'à notre tour, sous peine de déshonneur national, nous transmettions à nos fils le vivace dépôt.

TABLE DES MATIÈRES

Société anon. des Imp.
WELLHOFF et ROCHE,
16 et 18, r. N.-Dame-
d.-Victoires. Tél.316-33.
ANCEAU, directeur.

9 782329 577210